QUESTÕES SOBRE OS MILAGRES

QUESTÕES SOBRE OS MILAGRES

Voltaire

Tradução
MÁRCIA VALÉRIA MARTINEZ DE AGUIAR

Martins Fontes
São Paulo 2003

Título do original francês: *QUESTIONS SUR LES MIRACLES.*
Copyright © 2003, Livraria Martins Fontes Editora Ltda.,
São Paulo, para a presente edição.

1ª edição
junho de 2003

Tradução
MÁRCIA VALÉRIA MARTINEZ DE AGUIAR

Acompanhamento editorial
Luzia Aparecida dos Santos
Revisão gráfica
Maria Fernanda Alvares
Lilian Jenkino
Produção gráfica
Geraldo Alves
Paginação/Fotolitos
Studio 3 Desenvolvimento Editorial

Dados Internacionais de Catalogação na Publicação (CIP)
(Câmara Brasileira do Livro, SP, Brasil)

Voltaire, 1694-1778.
 Questões sobre os milagres / Voltaire ; tradução Márcia Valéria Martinez de Aguiar. – São Paulo : Martins Fontes, 2003.

 Título original: Questions sur les miracles.
 ISBN 85-336-1773-9

 1. Milagres 2. Voltaire, 1964-1778 – Crítica e interpretação. I. Título.

03-2515   CDD-844

Índices para catálogo sistemático:
 1. Milagres : Ensaios : Literatura francesa   844

Todos os direitos desta edição reservados à
Livraria Martins Fontes Editora Ltda.
Rua Conselheiro Ramalho, 330/340 01325-000 São Paulo SP Brasil
Tel. (11) 3241.3677 Fax (11) 3105.6867
e-mail: info@martinsfontes.com.br http://www.martinsfontes.com.br

Índice

Apresentação VII
Cronologia XI

QUESTÕES SOBRE OS MILAGRES

I. Sobre o milagre 3
II. Questões sobre os milagres 25

Primeira carta 28
Segunda carta 45
Terceira carta 55
Quarta carta 70
Quinta carta 76
Sexta carta 78
Sétima carta 81
Oitava carta 84
Nona carta 91
Décima carta 96
Décima primeira carta 100
Décima segunda carta 106
Décima terceira carta 111
Décima quarta carta 116
Décima quinta carta 123

Décima sexta carta 127
Décima sétima carta 131
Décima oitava carta 142
Décima nona carta 146
Vigésima carta... 152

Apresentação

No novo milênio que começa, neste mundo de esclarecimentos, de ciências, de progresso técnico e de comunicações, os dez mandamentos, os ensinamentos morais dos profetas, de Cristo, dos evangelistas, dos apóstolos não podem ser transformados em realidades pelo uso de métodos inventados há séculos pelos fundadores das religiões, de acordo com as circunstâncias do seu tempo. Esses velhos métodos hoje em dia são inteiramente ineficientes. Nesse caso estão os milagres de que trata esta obra notável, atual como todas as obras de Voltaire*.

A ciência tem destruído, tem tornado ridícula a maioria das velhas crenças, das superstições e dos símbolos venerados, meios úteis, necessários para propagar idéias religiosas nos séculos passados, remotos, e que satisfaziam homens simples, temerosos para serem induzidos, não porque compreendessem os ensinamentos da fé e os quisessem, mas porque temiam o Incerto e o Desconhecido. Hoje, esses ensinamentos, esses princípios são impotentes para dirigir e regular a conduta do homem na sociedade.

Todos os livres-pensadores do século XVIII, o século de Voltaire, não se revoltaram contra os ensinamentos mo-

---

* A série "Voltaire Vive" publica dentro da coleção Clássicos Martins Fontes as principais obras de Voltaire. (N. do E.)

rais no monoteísmo (Voltaire é teísta, e até ergue uma igreja, *Deo erexit Voltaire*), mas contra as práticas imorais e as superstições das igrejas como instituições humanas nacionais. Na verdade, aqueles livres-pensadores, apesar do anátema lançado sobre eles pelas igrejas organizadas, foram, pode-se dizer, os mais fiéis discípulos da concepção monoteísta depois dos profetas de Israel e dos apóstolos de Cristo.

No mesmo século XVIII, de Voltaire, Thomas Paine escreveu a *Idade da razão*, e o clamor de Paine nessa obra é hoje mais oportuno que nunca: "Eu não acredito no credo professado pela igreja judaica, pela igreja romana, pela igreja turca, pela igreja protestante, nem por nenhuma igreja que conheço. *Meu espírito é a minha igreja*. Todas as instituições eclesiásticas nacionais, quer sejam judaicas, cristãs ou turcas, não me parecem outra coisa senão invenções humanas, criadas para aterrorizar e escravizar a humanidade e monopolizar poder e vantagem."

Não passam de "invenções humanas, criadas para aterrorizar e escravizar a humanidade e monopolizar poder e vantagem", como se deu, se dá com os milagres, mostra Voltaire nesta obra notável. Nela, mesmo pondo no mais completo ridículo essa crença tola da humanidade, Voltaire, de visão liberal, tinha consciência de que a religião só podia ser regulada pela razão e pela convicção, e nunca pela força ou violência. E de que todos os homens têm igual direito ao livre exercício de sua religião, de acordo com o que lhe dita a consciência.

Foi isso que pensaram e escreveram Voltaire, Thomas Paine, Bayle, Spinoza, Erasmo. Esta obra, como as outras obras da Série "Voltaire Vive", prova a atualidade do autor de *Cândido*. Nas suas páginas rimos com ele, encolhendo os ombros do que afirmam os filósofos cristãos: "Nós acreditamos nos milagres operados no seio da nossa santa religião; acreditamos pela fé e não pela razão, que deve ficar muda." No final da obra, indagados, responderemos como o filósofo, em Voltaire, caso presenciasse um milagre: "Tornar-me-ia maniqueu; diria que há um princípio que desfaz o que o outro faz."

ACRÍSIO TÔRRES

Cronologia

1572. 24 de agosto: Noite de são Bartolomeu. Por ordem do rei Carlos IX, encorajado por sua mãe Catarina de Médicis, massacre dos protestantes em Paris e nas províncias.
1598. 13 de abril: Henrique IV põe fim às guerras de religião pelo Edito de Nantes. A liberdade de culto é garantida aos protestantes sob certas condições.
1643-1715. Reinado de Luís XIV.
1685. 18 de outubro: revogação do Edito de Nantes por Luís XIV. A religião reformada é proibida no reino da França. Os protestantes convertidos à força são tidos como "novos católicos".
1694. Em 22 de novembro (ou 20 de fevereiro, segundo Voltaire), nasce em Paris François-Marie Arouet, terceiro filho de François Arouet, conselheiro do rei e antigo tabelião do Châtelet em Paris, e de Marie-Marguerite Daumart, ambos da alta e antiga burguesia.
1701. Morte da mãe de Voltaire, que encontra na irmã, oito anos mais velha, uma segunda mãe a quem sempre amará com ternura.
1702. Guerra de Sucessão na Espanha.
1702-10. Revolta dos *camisards*, camponeses protestantes das Cevenas.
1704. Entrada no colégio Louis-le-Grand, dirigido por jesuítas, onde Voltaire adquire sólida cultura e torna-se

amigo de herdeiros das melhores famílias da nobreza, lá estudando durante sete anos.
1706. O príncipe Eugênio e Marlborough apoderam-se de Lille.
1710. Leibniz! *Teodicéia*.
1710-12. O convento dos religiosos cistercienses de Port Royal des Champs (vale de Chevreuse), reduto do jansenismo, é destruído por ordem de Luís XIV. Os soldados devastam o cemitério. Cenas escandalosas.
1711. Inscrição na faculdade de Direito, conforme o desejo do pai. Mas o jovem turbulento quer ser poeta, freqüenta o círculo dos libertinos do palácio do Templo, envia uma ode ao concurso anual da Academia.
1712. Nascimento de Jean-Jacques Rousseau.
Nascimento de Frederico II, rei da Prússia.
1713. O jovem Arouet abandona a faculdade. Arrumam-lhe um posto na embaixada francesa na Holanda, do qual é despedido por namorar uma protestante. A descoberta da sociedade holandesa, liberal, ativa e tolerante, deixa-o encantado.
Nascimento de Denis Diderot.
Estada de Voltaire em Haia como secretário do embaixador da França.
8 de setembro: Luís XIV obtém do papa Clemente XI a bula ou constituição *Unigenitus* que condena o jansenismo.
Paz de Utrecht.
1715-23. Regência do duque de Orléans.
1716. Exílio em Sully-sur-Loire, por um poema satírico contra o Regente.
1717. São-lhe atribuídos dois poemas satíricos: o segundo (*Puero regnante*) é dele. Por ordem do Regente é enviado à Bastilha, onde fica preso onze meses. Aproveita o tempo para ler Virgílio e Homero, para continuar *Henriade* e *Oedipe*.

1718. Sai da prisão em abril e até outubro deve permanecer fora de Paris. A tragédia *Oedipe* faz imenso sucesso. O Regente, a quem a peça é dedicada, concede-lhe uma gratificação. É consagrado como grande poeta, passa a assinar Voltaire.

1720-22. Voltaire faz excelentes negócios e aplicações que lhe aumentam a fortuna herdada do pai, falecido em 1722. Tem uma vida mundana intensa.

1721. Montesquieu: *Cartas persas*.
Em Londres, Robert Walpole torna-se primeiro-ministro; ocupará o cargo até 1742.

1722. Voltaire faz uma viagem à Holanda: admira a tolerância e a prosperidade comercial desse país.

1723. Publicação, sem autorização da censura, de *La ligue* (primeira versão de *Henriade*), poema épico.

1723-74. Reinado de Luís XV.

1724. Nascimento de Kant.

1725. Voltaire consegue ser admitido na Corte. Suas tragédias *Oedipe*, *Marianne* e a nova comédia *L'indiscret* são representadas nas festas do casamento do rei.

1726. Voltaire discute com o cavaleiro de Rohan, que alguns dias depois manda empregados espancarem-no. Voltaire se indigna, quer um duelo, sendo mandado à Bastilha (17 de abril). Quinze dias depois é forçado a partir para a Inglaterra, onde permanece até fins de 1728. Após um período difícil, adapta-se e faz amizades nos diversos meios da aristocracia liberal e da política, entre os intelectuais. O essencial das experiências inglesas será condensado para o público francês nas *Lettres philosophiques*, concebidas nessa época: não a descoberta, mas o reconhecimento entusiasta de uma sociedade progressista na qual já estavam em andamento os novos valores da "filosofia das Luzes", a tolerância, a liberdade de pensamento, o espírito de reforma de empreendimento.

Jonathan Swift: *Viagens de Gulliver.*
1727. Publicações de *Ensaio sobre as guerras civis* e de *Ensaio sobre a poesia épica*, redigidos em inglês.
1728. Voltaire dedica à rainha da Inglaterra a nova *Henriade*, editada em Londres por subscrição. Em outubro volta à França.
1729-30. Voltaire se lança em especulações financeiras, um tanto tortuosas mas legais na época, que lhe renderão o bastante para viver com conforto e independência. Representação da tragédia *Brutus*. Escreve uma ode sobre a morte de Adrienne Lecouvreur, atriz sua amiga, que uma dura tradição religiosa privou de sepultura cristã.
1731-32. Impressão clandestina de *Histoire de Charles XII*, cuja imparcialidade desagradou ao poder, e que alcança grande sucesso. Sucesso triunfal de *Zaïre*, tragédia que será representada em toda a Europa.
1733. Publicação de *Le temple du goût*, obra de crítica literária e afirmação de um gosto independente que desafia os modos oficiais e levanta polêmicas. Início da longa ligação com a senhora du Châtelet.
1734. *Lettres philosophiques*, impressas sem autorização legal, causam grande escândalo: o livro é apreendido e Voltaire ameaçado de prisão. Refugia-se no castelo dos Châtelet, em Cirey-en-Champagne, a algumas horas de fronteiras acolhedoras. Por mais de dez anos, Cirey será o abrigo que lhe permitirá manter-se à distância das ameaças da autoridade.
Montesquieu: *Considérations*.
Johann Sebastian Bach: *Oratório de Natal*.
1735-36. Breves temporadas em Paris, com fugas ante ameaças de prisão. Representação das tragédias *La mort de César* (adaptada de Shakespeare) e *Alzire*. Publicação do poema *Mondain*, impertinente provocação às morais conformistas. Um novo escândalo, mais uma

fuga, desta vez para a Holanda. Início da correspondência entre Voltaire e o príncipe real Frederico da Prússia.

1737-39. Longas temporadas em Cirey, onde Voltaire divide o tempo entre o trabalho e os divertimentos com boas companhias. Aplica-se às diversas atividades de "filósofo": as ciências (interessa-se pela difusão do newtonismo); os estudos bíblicos; o teatro e os versos (começa *Mérope*, adianta *Discours sur l'homme*); a história da civilização (*Siècle de Louis XIV*). Tudo entremeado de visitas, negócios, processos judiciais e discussões com literatos. Viagem com a senhora du Châtelet à Bélgica e à Holanda, onde representa Frederico da Prússia junto aos livreiros de Haia, para a impressão de *Anti-Machiavel*, escrito pelo príncipe filósofo. É editada uma coletânea dos primeiros capítulos do *Siècle de Louis XIV*, que é apreendida.

1740. Primeiro encontro de Voltaire com Frederico, nesse ano coroado rei da Prússia em Clèves. O rei leva-o a Berlim e quer segurá-lo na corte, mas só o retém por algumas semanas.

1741-43. Estréia de duas tragédias, *Mahomet* e *Mérope*, com grande sucesso. A primeira escandaliza os devotos de Paris e é retirada de cena. Voltaire intercala temporadas em Cirey com viagens a Bruxelas. Cumpre missões diplomáticas oficiosas junto a Frederico II, que insiste com o filósofo para que se estabeleça na Prússia.

1743. Nascimento de Lavoisier.

1744-46. Fortalecido pelos serviços diplomáticos prestados, Voltaire reaproxima-se da corte. Torna-se o poeta da corte, sustentado pelo apoio de Madame de Pompadour, de quem fora confidente. São anos de glória oficial: *Princesse de Navarre* é encenada no casamento do delfim; é nomeado historiógrafo do rei; o papa aceita a dedicatória de *Mahomet*; é eleito para a Academia Francesa.

1747-48. Uma imprudente impertinência de Voltaire traz-lhe o desfavor na corte. Refugia-se no castelo de Sceaux, da duquesa de Maine. Publicação da primeira versão de *Zadig* em Amsterdam, de *Babouc* e *Memnon*. Passa temporadas em Lunéville, na corte do rei Estanislau. Foi um dos piores momentos de sua vida: minado pela doença, solitário, incerto do futuro e mesmo de moradia.

1748. Hume: *Ensaio sobre o entendimento humano*. Montesquieu: *O espírito das leis*.

1749. Morte de Émilie du Châtelet em Lunéville. Voltaire retorna a Paris e instala-se na casa de sua sobrinha viúva, a sra. Denis. Reata com antigos amigos, freqüenta os meios teatrais.

Nascimento de Goethe.

1750. J.-J. Rousseau: *Discours sur les sciences et les arts*.

1750-51. Cartas de Frederico II, prometendo favores, amizade e fortuna, levam Voltaire a resolver mudar para a Prússia. A acolhida é calorosa, mas logo começam as desavenças. Em Berlim e em Potsdam, Voltaire sente-se vigiado, obrigado a agradar, porém trabalha à vontade quando se mantém afastado: termina *Le siècle de Louis XIV*, iniciado há vinte anos.

1751. Início da publicação da *Encyclopédie*.

1752-53. A permanência em Potsdam torna-se cada vez mais difícil. Voltaire escreve um panfleto (*Diatribe du docteur Akakia*) contra Maupertuis, presidente da Academia de Berlim, defendido por Frederico II, que manda queimar em público o libelo. Em março de 53, Voltaire consegue permissão para deixar Berlim com o pretexto de ir para uma estação de águas. Volta à França por etapas; mas uma ordem de Frederico II o retém como prisioneiro durante cinco semanas em Frankfurt, por causa de um exemplar da obra de poesia do rei que o filósofo levara consigo. Essa humilhação convence-o da necessidade de armar-se para a independência. Publicação de *Micromégas* em 1752.

1755. Depois de uma tentativa malograda de instalar-se em Colmar, na Alsácia, quando teve contra si os religiosos, os devotos e os fiéis, Voltaire instala-se na Suíça. Compra a propriedade Délices, perto de Genebra, descobre a natureza e a vida rústica, mas não deixa de montar espetáculos teatrais em casa, para escândalo do austero Grande Conselho de Genebra. Participa da *Encyclopédie*, fornecendo artigos até 1758, quando opta por formas mais diretas de propaganda. Terremoto de Lisboa.

J.-J. Rousseau: *Discours sur l'inégalité*.

1756. Sempre ativo, a despeito da idade, convivendo bem com os genebrinos, o filósofo é feliz. Abalado pelo terremoto de Lisboa, escreve *Poème sur le désastre de Lisbonne*, atacando a Providência e o otimismo filosófico. Lança *Poème sur la loi naturelle*, que escandaliza pelo deísmo. Entrega para publicação a síntese de *Essai sur les moeurs*.

Início da Guerra dos Sete Anos.

J.-J. Rousseau escreve *Lettre à Voltaire sur la Providence*, contra o *Poème sur le désastre de Lisbonne*.

1757. A correspondência de Voltaire torna-se o eco de seu século. Afeta indiferença, mas não cessa de lutar por seus ideais. Executam o almirante Byng, na Inglaterra, por quem Voltaire intercedera no ano anterior. Um louco atenta contra a vida de Luís XV. Os partidos religiosos se engalfinham na França, mas se unem contra os enciclopedistas. O artigo "Genève" provoca indignação em Genebra, ameaçando o agradável retiro do filósofo. Voltaire reata a correspondência com Frederico II.

1758. Voltaire trabalha para completar e reformular *Essai sur les moeurs*, acentuando a orientação militante da obra.

Tenta conciliar o grupo dos enciclopedistas; não o conseguindo, cessa de colaborar em junho. A guerra européia se alastra, apesar das tentativas do filósofo de aproximar Berlim e Versailles. Complicam-se as relações entre o filósofo e a cidade de Genebra. Compra as terras de Ferney, na fronteira da Suíça, mas território francês, para onde se muda acompanhado da sobrinha, a sra. Denis. Escreve *Cândido* e umas memórias, depois abandonadas.

J.-J. Rousseau: *Lettre sur les spectacles*, em resposta ao artigo "Genève".

1759. Publicação de *Cândido*, em janeiro, logo condenado mas com imenso sucesso. A condenação da *Encyclopédie* intensifica as suas polêmicas contra os adversários dos filósofos: *Relation de la maladie du jésuite Berthier*; *Le pauvre diable* (1758) contra Fréron; *La vanité*, sátira contra Lefranc e Pompignan, autor de poesias sacras. Leva vida intensa, dividindo-se entre Délices e Ferney.

1760. Em dezembro, Voltaire instala-se definitivamente em Ferney. Assume, diante da opinião de seu tempo, uma espécie de ministério do progresso "filosófico".
Franklin: invenção do pára-raio.
Diderot: *La religieuse*.

1761. As *Lettres sur la Nouvelle Héloïse*, sob a assinatura do marquês de Ximènes, ridicularizando o romance *A nova Heloísa* publicado no mesmo ano, marcam o início das hostilidades públicas com J.-J. Rousseau. Colaboração numa edição comentada do teatro de Corneille, que servirá para dar o dote de uma sobrinha-neta do autor clássico, adotada por Voltaire.

1762. Jean-Jacques Rousseau: *O contrato social* e *Emílio ou Da educação*.

1762-63. Ampliação da propaganda deísta, com a publicação de dois textos polêmicos: *Le sermon des cinquante* e *Extrait du testament du curé Meslier*. Em 10 de março, o protestante Jean Calas, acusado falsamente da morte do filho, é executado em Toulouse; Voltaire lança-se numa campanha para reabilitá-lo, conseguindo a revisão do processo (1765). Para esse fim escreve *Tratado sobre a tolerância*.

1764. Representação, em Paris, da tragédia *Olympie*, que como as anteriores, desde *Tancrède* (1760), não obtém sucesso. Publicação do *Dictionnaire philosophique portatif*, concebido em 1752 na Prússia, um instrumento de propaganda largamente difundido. A uma acusação das *Lettres sur la montagne*, de Rousseau, Voltaire replica com o cruel panfleto *Sentiment des citoyens*.

1765. Voltaire acolhe a reabilitação de Calas como "uma vitória da filosofia". A partir daí, solicitado ou por própria iniciativa, intervirá em causas desse gênero quase todos os anos. Publicação de *La philosophie de l'histoire*. Encarrega-se da defesa da família Sirven, sendo ajudado financeiramente em sua ação judiciária pelos reis da Prússia, da Polônia, da Dinamarca e por Catarina da Rússia.

1766. Condenação e execução do cavaleiro de la Barre por manifestações libertinas à passagem de uma procissão religiosa. Encontram um *Dictionnaire philosophique* na casa do cavaleiro e atribuem sua atitude irreverente à influência dos filósofos. Voltaire assusta-se e vai para a Suíça; de volta a Ferney, empreende a reabilitação de la Barre.

1767. Publicação de *Anecdote sur Bélisaire* e *Questions de Zapatta* (contra a Sorbonne), *Le dîner du comte de Boulainvilliers* (contra o cristianismo), *L'ingénu*.

1768. Publicação de *Précis du siècle de Louis XV; La princesse de Babylone; L'Homme aux quarante écus; Les singularités de la nature* (espécie de miscelânea de filosofia das ciências).

1770. Voltaire lança ao ministério francês a idéia de facilitar o estabelecimento de refugiados genebrinos em Ver-

soix, na França, o que ativaria a indústria e o comércio, fazendo concorrência a Genebra. Sem ajuda oficial, com sua imensa fortuna, Voltaire conseguiu realizar isso em pequena escala. Como um patriarca, adorado de seus protegidos, cuida de questões administrativas e de obras públicas da região de Gex, onde fica Ferney. Em Paris, é feita subscrição pública para a estátua de Voltaire executada por Pigalle; J.-J. Rousseau está entre os subscritos.
Nascimento de Hegel.

1771-72. Pela segunda vez, Voltaire compõe um dicionário, acerca de suas idéias, convicções, gosto, etc. São os nove volumes de *Questions sur l'Encyclopédie*, publicados à medida que eram terminados. Publicação de *Épître à Horace*.

1772. Fim da publicação da *Encyclopédie*.

1773. Sem abandonar suas lutas nem sua direção filosófica (ao que dedica há anos a sua correspondência), deixa diminuir a produção literária, sofre graves acessos de estrangúria em fevereiro e março. Contudo, sustenta, com *Fragments historiques sur l'Inde*, os esforços do conde Lally-Tollendal para a reabilitação do pai, injustamente condenado à morte em 1766.
O papa Clemente XIV dissolve a ordem dos jesuítas.

1774. Em agosto, o enciclopedista Turgot é nomeado controlador geral das finanças; suas medidas de liberalização do comércio dos grãos são acolhidas com entusiasmo em Ferney.
Morte de Luís XV.

1774-92. Reinado de Luís XVI.

1776. Voltaire sustenta a política econômica de Turgot até a sua queda (maio de 1776), que deplorará como uma derrota da filosofia do século. Publicação da tragédia *Don Pèdre*, não-encenada, e dos dois contos *Les oreilles du comte de Chesterfield*, e a curiosa *Histoire de*

Jenni, contra as audácias do ateísmo e do materialismo modernos. Em dezembro, um edito de Turgot concede à região de Gex uma reforma fiscal solicitada por Voltaire havia anos.
Fruto de trinta anos de crítica apaixonada da Bíblia e de sua exegese, é publicado *La Bible enfin expliquée*.
Declaração de independência das colônias inglesas na América.
Thomas Paine: *The Common Sense*.
Adam Smith: *A riqueza das nações*.
1777. Os *Dialogues d'Évhémère*, última volta ao mundo filosófico de Voltaire.
1778. Já doente, Voltaire chega a Paris em fevereiro. Dez dias de visitas e homenagens ininterruptas deixam-no esgotado. Fica acamado três semanas, confessa-se e recebe a absolvição, depois de submeter-se a uma retratação escrita, declarando morrer na religião católica. É a última batalha do velho lutador: a insubmissão, com o risco de ser jogado na vala comum após a morte, ou a submissão, com a negação de sua obra e de sua influência. Mal se restabelece, recomeça a rodaviva. Em 30 de março é seu dia de apoteose com sessão de honra na Academia e representação triunfal da tragédia *Irène*. Em 7 de abril é recebido maçom na loja das Neuf-Soeurs. Esgota-se redigindo um plano de trabalho para a Academia. Morre no dia 30 de maio e, apesar das interdições, é enterrado em terra cristã, na abadia de Scellières, em Champagne.
Morte de Rousseau, em 2 de julho.
1791. Em 12 de julho as cinzas de Voltaire são transferidas ao Panthéon, em meio à alegria popular.

QUESTÕES SOBRE OS MILAGRES

I. Sobre o milagre

Seção I[1]

Um milagre, segundo a energia da palavra, é uma coisa admirável; assim sendo, tudo é milagre. A ordem prodigiosa da natureza, a rotação de cem milhões de globos ao redor de um milhão de sóis, a atividade da luz, a vida dos animais, são milagres perpétuos.

Vulgarmente, chamamos milagre a violação dessas leis divinas e eternas. Que haja um eclipse solar durante a lua cheia, que um morto percorra a pé duas léguas de caminho levando nos braços a cabeça, a isso chamamos milagre.

Muitos físicos afirmam que nesse sentido não existem milagres. Eis seus argumentos.

Um milagre é a violação das leis matemáticas, divinas, imutáveis, eternas. Já por este enunciado, um milagre é uma contradição nos termos: uma lei não pode ser ao mesmo tempo imutável e violada. Mas uma lei, objetamos, tendo sido estabelecida pelo próprio Deus, não poderia ser suspensa por seu autor? Eles têm a ousadia de responder que não, e que é impossível que o Ser infinitamente sábio te-

---

1. Esta seção constituía todo o verbete no *Dicionário filosófico*, em 1764. (Nota de Beuchot.)

nha feito leis para violá-las. Só poderia, dizem, desarranjar sua máquina para fazê-la funcionar melhor; ora, é evidente que, sendo Deus, ele fez esta imensa máquina tão boa quanto possível: se viu que haveria alguma imperfeição devida à natureza da matéria, logo a proveu: assim sendo, nunca a mudará em nada.

Além disso, Deus nada pode fazer sem razão; ora, que razão o levaria a desfigurar por algum tempo sua própria obra?

Assim agiria para beneficiar os homens, dizemos-lhes. Esta ação beneficiaria ao menos todos os homens? indagam: pois é impossível conceber que a natureza divina trabalhe em prol de alguns homens em particular, e não em prol de todo o gênero humano; e mesmo o gênero humano é bem pouca coisa: é mais insignificante que um pequeno formigueiro se comparado a todos os seres que povoam a imensidão. Ora, não é a mais absurda das loucuras imaginar que o Ser infinito se disponha a inverter, em favor de três ou quatro centenas de formigas, nesse pequeno amontoado de lama, o jogo eterno dos mecanismos imensos que movem todo o universo?

Mas suponhamos que Deus tenha querido distinguir um pequeno número de homens com favores particulares: acaso precisaria mudar o que estabeleceu para todos os tempos e para todos os lugares? Ele não tem decerto nenhuma necessidade dessa mudança, dessa inconstância, para favorecer suas criaturas; seus favores estão em suas próprias leis. Tudo previu, tudo ordenou em função delas; todas obedecem irrevogavelmente à força que imprimiu para todo sempre na natureza.

Por que Deus faria um milagre? Para realizar um certo desígnio relativo a alguns seres vivos! Diria então: Não consegui por meio da fábrica do universo, de meus decretos divinos, de minhas leis eternas, cumprir certo desígnio; vou mudar minhas idéias eternas, minhas leis imutáveis, para tentar executar o que não pude fazer por seu intermédio. Seria uma confissão de fraqueza, e não de potência; seria, ao que parece, nele, a mais inconcebível contradição. Assim pois, ousar imputar milagres a Deus é realmente insultá-lo (se homens podem insultar Deus). É dizer-lhe: Sois um ser fraco e inconseqüente. É pois absurdo acreditar em milagres, é de algum modo desonrar a Divindade.

Pressionamos esses filósofos; dizemos: Apesar da imutabilidade do Ser supremo, da eternidade de suas leis, da regularidade de seus mundos infinitos que haveis exaltado, nosso montículo de barro não deixou de cobrir-se de milagres; as histórias estão tão repletas de prodígios quanto de acontecimentos naturais. As filhas do sumo sacerdote Anius transformavam tudo o que queriam em trigo, vinho ou óleo; Atalida, filha de Mercúrio, ressuscitou várias vezes; Esculápio ressuscitou Hipólito; Hércules arrancou Alceste da morte; Heres voltou ao mundo depois de ter passado quinze dias no inferno; Rômulo e Remo nasceram de um deus e de uma vestal; o paládio caiu do céu sobre a cidade de Tróia; a cabeleira de Berenice tornou-se uma constelação; a choça de Báucis e de Filêmon foi transformada num magnífico templo; a cabeça de Orfeu pronunciava oráculos após sua morte; as muralhas de Tebas construíram-se por si mesmas ao som da flauta, na presença dos gregos; as curas realizadas no templo de Esculápio eram incontáveis, e ainda hoje existem monumentos repletos de nomes de testemunhas oculares dos milagres de Esculápio.

Citai o nome de um povo em cujo seio não se tenham operado prodígios inacreditáveis, principalmente nos tempos em que mal se sabia ler e escrever.

Os filósofos só respondem a essas objeções rindo e dando de ombros; mas os filósofos cristãos dizem: Cremos nos milagres operados em nossa santa religião; cremos por fé, e não por nossa razão, que evitamos cuidadosamente escutar: pois, quando a fé fala, sabemos perfeitamente que a razão não deve dizer uma única palavra; cremos firme e integralmente nos milagres de Jesus Cristo e dos apóstolos, mas permiti-nos duvidar um pouco de vários outros; consenti, por exemplo, que suspendamos nosso juízo a respeito do que conta um homem simples ao qual deram o nome de grande. Ele assegura que certo mongezinho estava tão acostumado a fazer milagres que o prior proibiu-o por fim de exercer seu talento. O mongezinho obedeceu; mas, ao ver um pobre telhador caindo do alto de uma casa, hesitou entre o desejo de salvar-lhe a vida e a santa obediência. Ordenou pois ao telhador que permanecesse no ar até segunda ordem, e correu contar ao prior a situação. O prior absolveu-o do pecado que cometera ao começar um milagre sem consentimento, e permitiu que o concluísse, contanto que parasse por ali e nunca mais recomeçasse. Há de se convir que os filósofos têm razão, e que se deve desconfiar um pouco dessa história.

Mas como ousaríeis negar, dizemos, que são Gervásio e são Protásio tenham aparecido em sonho a santo Ambrósio, que lhe tenham ensinado o lugar em que se encontravam suas relíquias? Que santo Ambrósio as tenha desenterrado, e que elas tenham curado um cego? Santo Agostinho estava nessa ocasião em Milão; é ele que conta esse milagre, *immenso populo teste*[2], em sua *Cidade de Deus*, livro XXII. Este é um dos milagres mais bem constatados. Os filósofos dizem não acreditar em nada disso, que Gervásio e Protásio não apareceram para ninguém, que pouco interessa para o gênero humano que se saiba onde estão os restos de suas carcaças; que não têm mais fé nesse cego do que no de Vespasiano; que é um milagre inútil, que Deus nada faz de inútil; e se mantêm firmes em seus princípios. Meu respeito por são Gervásio e são Protásio não me permite con-

....
2. Esse milagre teve por "testemunha uma população imensa". Santo Agostinho, *A cidade de Deus*, livro XXII, cap. VIII. (N. da T.)

cordar com esses filósofos; não faço mais que constatar sua incredulidade. Eles apreciam sobremaneira a afirmação de Luciano que se encontra na passagem da morte de Peregrino: "Quando um hábil jogador de dados torna-se cristão, tem certeza de fazer fortuna." Mas, como Luciano é um autor profano, não deve gozar de nenhuma autoridade entre nós.

Esses filósofos não podem se resolver a crer nos milagres operados no século II. Testemunhas oculares em vão escreveram que, tendo sido o bispo de Esmirna, são Policarpo, condenado a ser queimado, e tendo sido lançado às chamas, ouviu-se uma voz do céu que gritava: "Coragem, Policarpo, sê forte, mostra-te homem!", e que então as chamas da fogueira se afastaram de seu corpo e formaram um pavilhão de fogo sobre sua cabeça, e que do meio da fogueira saiu uma pomba; finalmente, tiveram que cortar a cabeça de Policarpo. Para que esse milagre? dizem os incrédulos; por que as chamas perderam sua natureza e o machado do executor não perdeu a sua? Por que razão tantos mártires saíram sãos e salvos do óleo fervente, e não puderam resistir ao fio do gládio? Respondemos que é a vontade de Deus. Mas os filósofos gostariam de ter visto tudo isso com os próprios olhos antes de crer.

Aqueles que fortalecem o raciocínio através da ciência vos dirão que os próprios Santos Doutores muitas vezes confessaram não haver mais milagres em seu tempo. São Crisóstomo diz explicitamente: "Os dons extraordinários do espírito eram dados mesmo aos indignos, porque então a Igreja precisava de milagres; mas hoje eles não são dados nem mesmo aos dignos, porque a Igreja não precisa mais deles." Em seguida reconhece que não há mais ninguém que ressuscite os mortos, nem mesmo que cure os doentes.

O próprio santo Agostinho, apesar do milagre de Gervásio e Protásio, diz em sua *Cidade de Deus*: "Por que esses milagres que se faziam antigamente não se fazem mais hoje?" e dá a mesma razão. "Cur, inquiunt, nunc illa miracula quae praedicatis facta esse non fiunt? Possem quidem dicere necessaria prius fuisse quam crederet mundus, ad hoc ut crederet mundus."[3]

Objetamos aos filósofos que santo Agostinho, apesar desta afirmação, fala de um velho sapateiro de Hipona que, tendo perdido as roupas, foi orar na capela dos vinte mártires; que, na volta, encontrou um peixe em cujo corpo havia um anel de ouro, e que o cozinheiro que preparou o peixe disse ao sapateiro: "Olha o que os vinte mártires te deram."

A isso os filósofos respondem que nada há nessa história que contradiga as leis da natureza, que a física não foi de modo algum ferida por ter um peixe engolido um anel de ouro, e por ter um cozinheiro dado esse anel a um sapateiro; que nisso não há milagre algum.

Se lembrarmos a esses filósofos que, segundo são Jerônimo, em sua *Vida do ermita Paulo*, este ermita teve várias conversas com sátiros e com faunos; que um corvo levou-lhe todos os dias, durante trinta anos, a metade de um pão para o seu jantar, e um pão inteiro no dia em que santo Antônio foi vê-lo, eles poderão responder mais uma vez que tudo isso não é absolutamente contra a física, que sátiros e faunos podem ter existido, e que, em todo caso, se este conto for uma puerilidade, isso nada tem em comum com os verdadeiros milagres do Salvador e de seus apóstolos. Vários bons cristãos combateram a história de são Simeão Estilita, escrita por Teodoreto: muitos milagres que passam por autênticos na Igreja grega foram postos em dúvida por vários latinos, assim como milagres latinos foram considerados suspeitos pela Igreja grega; em seguida vieram os protestan-

....

3. "Porque é, dizem, que não se fazem agora os milagres que dizeis se faziam antes? Eu poderia responder com verdade que, antes de o mundo acreditar, eles eram necessários para que o mundo acreditasse." (Santo Agostinho, *A cidade de Deus*, Fundação Calouste Gulbenkian, Lisboa, 1995, vol. III, p. 2.265. Livro XXII, cap. VIII.) (N. da T.)

tes, que maltrataram extraordinariamente os milagres tanto de uma quanto de outra Igreja.

Um sábio jesuíta[4], que pregou durante muito tempo na Índia, lamentava-se que nem seus confrades nem ele jamais tenham podido fazer milagres. Xavier se lamenta, em várias cartas, de não possuir o dom das línguas; diz que entre os japoneses não passa de uma estátua muda; entretanto, os jesuítas escreveram que ele ressuscitara oito mortos; é muito; mas é preciso considerar que os ressuscitava há seis mil léguas daqui. Depois disso muitos pretenderam que a interdição dos jesuítas na França foi um milagre muito maior que os de Xavier e Inácio.

De qualquer modo, todos os cristãos concordam que os milagres de Jesus Cristo e dos apóstolos são de uma verdade incontestável; mas que se pode decerto duvidar de alguns milagres que vêm sendo feitos nesses últimos tempos, cuja autenticidade não é incontestável.

Seria desejável, por exemplo, para que um milagre fosse bem constatado, que fosse feito perante a Academia de ciências de Paris ou perante a Sociedade real de Londres e a Faculdade de Medicina, secundados por um destacamento do regimento da guarda, para conter a multidão de povo que poderia, por sua indiscrição, impedir a operação do milagre.

Perguntou-se um dia a um filósofo o que ele diria se visse o sol parar, quer dizer, se o movimento da terra ao redor desse astro cessasse, se todos os mortos ressuscitassem, e se todas as montanhas fossem se lançar, de companhia, no mar, unicamente para provar alguma verdade importante, como, por exemplo, a graça versátil. "O que eu diria?, respondeu o filósofo, tornar-me-ia maniqueu; diria que há um princípio que desfaz o que um outro fez."

---

4. Ospiniam, p. 230.

Seção II[5]

Defini os termos, digo-vos, ou jamais nos entenderemos. "Miraculum, res miranda, prodigium, portentum, monstrum." Milagre, coisa admirável; *prodigium*, que anuncia algo espantoso; *portentum*, portador de novidades; *monstrum*, coisa a ser mostrada por sua raridade.

Essas foram as primeiras idéias que tivemos acerca dos milagres.

Assim como tudo vai se refinando, também esta definição foi refinada; passou-se a chamar milagre o que é impossível à natureza; sem pensar, entretanto, que isso equivalia a dizer que todo milagre é realmente impossível. Pois o que é a natureza? Entendeis por esta palavra a ordem eterna das coisas. Um milagre seria pois impossível no âmbito dessa ordem. Nesse sentido Deus não poderia fazer milagres.

Se entendeis por milagre um efeito cuja causa não podeis ver, nesse sentido tudo é milagre. A atração e a direção do ímã são milagres permanentes. Um caracol cuja cabeça se renova é um milagre. O nascimento de cada animal, a produção de cada vegetal, são milagres cotidianos.

Mas estamos tão acostumados com esses prodígios que eles perderam o nome de admiráveis, de miraculosos. O canhão não espanta mais os índios.

Concebemos, pois, uma outra idéia de milagre. É, segundo a opinião vulgar, o que nunca havia acontecido e o que nunca acontecerá. É essa a idéia que fazemos do maxilar de asno de Sansão, dos discursos da jumenta de Balaão, da conversa de uma serpente com Eva, dos quatros cavalos

---

5. Nas *Questões sobre a Enciclopédia*, oitava parte, 1771, o verbete tinha 4 seções. A que hoje é a segunda formava a primeira; a que constitui a terceira era a segunda; a que é a quarta era a terceira; a antiga quarta se compunha de um trecho da décima segunda carta que se encontra nas *Questões sobre os milagres* (*Miscelânea*, ano de 1765). (Nota de Beuchot.)

que raptaram Elias, do peixe que permaneceu 72 horas com Jonas no ventre, das dez pragas do Egito, das muralhas de Jericó, do sol e da lua parados ao meio-dia, etc., etc., etc., etc.

Para acreditar num milagre, não basta tê-lo visto, pois podemos nos enganar. Chamamos um tolo de *testemunha de milagres*; e não apenas muitas pessoas pensam ter visto o que não viram, e ter ouvido o que não lhes disseram; não apenas são testemunhas de milagres, como também sujeitos de milagres. Ora ficaram doentes, ora foram curadas por um poder sobrenatural. Foram transformadas em lobos; atravessaram os ares num cabo de vassoura; foram íncubos e súcubos.

É preciso que o milagre tenha sido bem visto por um grande número de pessoas perfeitamente sensatas, sãs, e que não tenham nenhum interesse na coisa. É preciso acima de tudo que ele tenha sido solenemente atestado por elas: pois, se se exigem formalidades de autenticação para os mais simples atos, como a compra de uma casa, um contrato de casamento, um testamento, que formalidades não se exigirão para a constatação de coisas naturalmente impossíveis, e das quais o destino da terra pode depender?

Quando um autêntico milagre é feito, nada prova por si mesmo: pois as Escrituras vos dizem em vinte lugares que impostores podem fazer milagres, e que, se um homem, após ter feito um milagre, anunciar um deus que não seja o deus dos judeus, deve-se lapidá-lo.

Exige-se pois que a doutrina seja sustentada por milagres, e os milagres pela doutrina.

Mas ainda não basta. Assim como um velhaco pode pregar uma muito boa moral para melhor seduzir, e sendo sabido que os velhacos, como os magos do faraó, podem fazer milagres, é preciso que os milagres sejam anunciados por profecias.

Para ter certeza da verdade dessas profecias, deve-se tê-las ouvido anunciar claramente, e tê-las visto se cumprir realmente[6]. Deve-se dominar perfeitamente a língua na qual foram conservadas.

Nem mesmo basta que sejais testemunha de seu cumprimento miraculoso: pois podeis ser enganado por falsas aparências. É necessário que o milagre e a profecia sejam juridicamente constatados pelos primeiros homens da nação; e ainda assim haverá quem duvide. Pois pode ser que a nação esteja interessada em supor uma profecia e um milagre; e, quando o interesse se imiscui, não confieis em nada. Se um milagre predito não for tão público, tão comprovado como um eclipse anunciado no almanaque, podeis ter certeza de que esse milagre não passa de um lance de prestidigitação, ou de um conto da carochinha[7].

Seção III[8]

Um governo teocrático só pode ser fundado em milagres; nele tudo deve ser divino. O soberano supremo só fala aos homens por prodígios; são eles seus ministros e suas cartas patentes. As ordens dele são intimadas por Oceano, que cobre toda a terra para afogar as nações, ou que abre suas profundezas para lhes dar passagem.

Assim, podeis ver que na história dos judeus tudo é milagre, desde a criação de Adão e a formação de Eva, moldada a partir de uma costela de Adão, até o melquita ou reizete Saul.

....

6. Ver *Profecias*. (Nota de Voltaire.)

7. Nas *Questões sobre a Enciclopédia*, lia-se ainda: "Os milagres dos primeiros tempos do cristianismo são incontestáveis; mas os que se fazem hoje não têm a mesma autenticidade. Citemos a esse respeito o que li num livrinho curioso."

Depois, encontrávamos as duas últimas alíneas do que hoje constitui a primeira seção e que tinha, como vimos, sido publicada no *Dicionário filosófico* em 1764. (Nota de Beuchot.)

8. Ver nota, p. 10.

Nos tempos desse Saul, a teocracia ainda partilhava o poder com a realeza. Conseqüentemente, vez por outra ainda ocorriam milagres; mas já não era aquela sucessão fragorosa de prodígios que surpreendiam continuamente a natureza. Já não se vêem as dez pragas do Egito: o sol e a lua não param mais em pleno meio-dia para dar tempo a um capitão de exterminar alguns fugitivos já esmagados por uma chuva de pedras caídas das nuvens. Um Sansão já não extermina mil filisteus com uma mandíbula de asno. As jumentas não falam mais, as muralhas não caem mais ao som das trombetas, as cidades não são mais destruídas num lago pelo fogo do céu, a raça humana não é mais destruída pelo dilúvio. Mas o dedo de Deus ainda se manifesta; a sombra de Saul aparece para uma maga. O próprio Deus promete a Davi que ele desbarataria os filisteus em Baal-Farasim.

"Deus reúne seu exército celeste na época de Acab e pergunta aos espíritos[9]: Quem enganará Acab, e quem o fará ir à guerra contra Ramot em Galaad? E um espírito postando-se diante do Senhor disse: Serei eu a enganá-lo." Mas apenas o profeta Miquéias foi testemunha desta conversação; e ainda recebeu uma bofetada de um outro profeta chamado Sedecias por ter anunciado este prodígio.

Milagres que se operam aos olhos de toda a nação, mudando as leis de toda a natureza, não são mais vistos desde os tempos de Elias, a quem o Senhor enviou um carro de fogo e cavalos de fogo que levaram Elias das margens do Jordão ao céu, sem que se saiba a que ponto do céu.

Desde o começo dos tempos históricos, quer dizer, desde as conquistas de Alexandre, não se vêem mais milagres entre os judeus.

Quando Pompeu vem tomar Jerusalém, quando Crasso pilha o templo, quando Pompeu faz com que o rei judeu

---

9. 3 Rs 22. (Nota de Voltaire.)

Alexandre pereça nas mãos do carrasco, quando Antônio entrega a Judéia ao árabe Herodes, quando Tito toma Jerusalém de assalto, quando ela é arrasada por Adriano, nenhum milagre acontece. Assim é em todos os povos da terra. Começa-se pela teocracia, termina-se pelas coisas puramente humanas. Quanto mais as sociedades aperfeiçoam os conhecimentos, menos prodígios se produzem.

Bem sabemos que a teocracia dos judeus era a única verdadeira, e que as dos outros povos eram falsas; mas com eles aconteceu a mesma coisa que com os judeus.

No Egito, na época de Vulcano e na de Ísis e Osíris tudo estava fora das leis da natureza: tudo voltou a submeter-se a elas sob os Ptolomeus.

Nos séculos de Fos, de Crisos e de Efestos, deuses e mortais conversavam muito familiarmente na Caldéia. Um deus avisou ao rei Xissutre de que haveria um dilúvio na Armênia, e que ele precisava construir rapidamente um navio de cinco estádios de comprimento e dois de largura. Estas coisas não acontecem aos Darios e aos Alexandres.

O peixe Oanes antigamente saía todos os dias do Eufrates para ir pregar às suas margens. Hoje não existem mais peixes que preguem. É bem verdade que santo Antônio de Pádua pregou para eles, mas semelhantes fatos acontecem tão raramente que deles não se pode tirar nenhum proveito.

Numa tinha longas conversas com a ninfa Egéria; não se tem notícia de que César tenha conversado com Vênus, apesar de descender dela em linha direta. O mundo sempre vai, dizem, refinando-se um pouco.

Mas, após ter-se safado de um lamaçal durante algum tempo, ele cai em outro; a séculos de polidez sucedem-se séculos de barbárie. Esta barbárie é em seguida abolida; depois reaparece: é o alternar contínuo do dia e da noite.

Seção IV[10]

Dos que tiveram a temeridade ímpia de negar absolutamente a realidade dos milagres de Jesus Cristo

Dentre os modernos, Thomas Woolston, doutor da Igreja de Cambridge, foi o primeiro, parece-me, que ousou não admitir nos Evangelhos senão um sentido típico, alegórico, inteiramente espiritual, e que sustentou impudentemente que nenhum dos milagres de Jesus fora realmente operado. Escreveu sem método, sem arte, num estilo confuso e tosco, mas não sem vigor. Seus seis discursos contra os milagres de Jesus Cristo eram vendidos publicamente em Londres em sua própria casa. Publicou em dois anos, de 1727 a 1729, três edições de vinte mil exemplares cada; e é difícil, hoje, encontrá-los nos livreiros.

Nunca cristão atacou mais intrepidamente o cristianismo. Poucos escritores respeitaram menos o público, e nenhum padre se declarou mais abertamente inimigo dos padres. Ousava mesmo autorizar esse ódio no de Jesus Cristo contra os fariseus e os escribas; e dizia que não seria como ele vítima destes últimos porque nascera numa época mais esclarecida.

Quis, na verdade, justificar sua intrepidez apoiando-se no sentido místico; mas emprega expressões tão desdenhosas e tão injuriosas que qualquer orelha cristã se sente ofendida.

A crer nele, o diabo enviado por Jesus Cristo no corpo de dois mil porcos é um roubo cometido contra o proprietário desses animais. Se alguém dissesse o mesmo de Maomé o consideraríamos um ardiloso feiticeiro, *a wizard*, um escravo jurado do diabo, *a sworn slave to the devil*. E, se o dono

----
10. Ver nota, p. 10.

dos porcos, e os mercadores que vendiam na primeira muralha do templo animais para os sacrifícios, e que Jesus expulsou às chibatadas, foram pedir justiça quando este foi preso, é evidente que ele teve que ser condenado, pois nenhum jurado na Inglaterra deixaria de declará-lo culpado.

Ele lê a sorte da samaritana como um autêntico cigano: só isso bastaria para expulsá-lo, como era então costume de Tibério com os adivinhos. Espanta-me, diz ele, que os ciganos de hoje, os *gipsies*, não se proclamem os verdadeiros discípulos de Jesus, já que exercem o mesmo ofício. Mas fico bem contente por ele não ter extorquido dinheiro da samaritana, como fazem nossos padres modernos, que exigem lauta paga por suas adivinhações.

Acompanho a seqüência das páginas. O autor passa daí à entrada de Jesus Cristo em Jerusalém. Não se sabe, diz ele, se estava montado num jumento, numa jumenta, ou num jumentinho, ou em todos os três ao mesmo tempo.

Compara Jesus tentado pelo diabo a são Dunstan, que conduziu o diabo pelo nariz, e dá precedência a são Dunstan.

No artigo sobre o milagre da figueira secada por não estar carregada de figos fora da estação, era, diz ele, um andarilho, um pedinte, tal como um irmão mendicante, *a wanderer, a mendicant, like a friar*, e que, antes de se tornar pregador de estrada, não passava de um mísero ajudante de carpinteiro, *no better than a journey-man carpenter*. É surpreendente que o pátio de Roma não tenha entre suas relíquias alguma obra fabricada por ele, um escabelo, um quebra-nozes. Numa palavra, é difícil levar a blasfêmia mais longe.

Diverte-se com a piscina probática de Betsáida, cujas águas um anjo vinha agitar todos os anos. Pergunta como é possível que nem Flávio Josefo, nem Fílon tenham falado desse anjo; por que são João é o único que conta esse milagre anual; por qual outro milagre nenhum romano jamais viu tal anjo e jamais ouviu falar dele.

A água transformada em vinho nas núpcias de Caná provoca, segundo ele, o riso e o desprezo de todos os homens que não estão embrutecidos pela superstição.

Como!, exclama, João diz explicitamente que os convivas já estavam bêbados, mequsqw̃si, e Deus, tendo descido à terra, opera seu primeiro milagre para fazê-los beber ainda mais!

Deus tornado homem começa sua missão assistindo a uma núpcia de aldeia. Não se tem certeza de que Jesus e sua mãe estivessem bêbados como o resto dos convivas: "Whether Jesus and his mother themselves were all cut, as were others of the company, it is not certain." Mesmo que a familiaridade dessa senhora com um soldado faça-nos supor que apreciava a garrafa, parece entretanto que seu filho estava encharcado de vinho, já que lhe respondeu com tanta rudez e insolência, *waspishly and snappishly*: Mulher, que tenho a ver contigo? Parece, por essas palavras, que Maria não era virgem, e que Jesus não era seu filho; se não fosse assim, Jesus não teria insultado desse modo seu pai e sua mãe, e violado um dos mais sagrados mandamentos da lei. Entretanto, ele faz o que a mãe estava pedindo, enche dezoito jarros de água e transforma-os em ponche. São as palavras exatas de Thomas Woolston. Elas enchem de indignação qualquer alma cristã.

É com relutância, é tremendo, que relato essas passagens; mas foram impressos sessenta mil exemplares desse livro, todos eles com o nome do autor, e todos eles vendidos publicamente em sua casa. Não se pode dizer que eu o esteja caluniando.

Revolta-se especialmente contra os mortos ressuscitados por Jesus Cristo. Afirma que um morto ressuscitado teria sido objeto da atenção e do espanto do universo; que toda magistratura judia, e particularmente Pilatos, teria recolhido os mais autênticos testemunhos deste fato; que Tibério ordenava a todos os procônsules, pretores, presidentes das províncias, informá-lo com exatidão de tudo; que teriam interrogado Lázaro que permanecera morto quatro dias inteiros, que teriam querido saber o que acontecera à sua alma durante esse tempo.

Com que curiosidade ávida Tibério e todo o senado de Roma não o teriam interrogado; e não apenas ele, mas também a filha de Jairo e o filho de Naim? Três mortos devolvidos à vida seriam três testemunhos da divindade de Jesus que tornariam num instante o mundo inteiro cristão. Mas, ao contrário, todo o universo ignora durante mais de dois séculos essas provas contundentes. Não foi senão ao cabo de cem anos que alguns homens obscuros mostraram uns aos outros, no maior segredo, os escritos que contêm esses milagres. Oitenta e nove imperadores, contando aqueles a que se deu somente o título de *tiranos*, jamais ouviram falar dessas ressurreições que deveriam paralisar de surpresa toda a natureza. Nem o historiador judeu Flávio Josefo, nem o sábio Fílon, nem nenhum outro historiador grego ou romano menciona esses prodígios. Finalmente, Woolston tem a impudência de dizer que a história de Lázaro está tão cheia de absurdos que são João estava gagá quando a escreveu: "Is so brimful of absurdities, that saint John when he wrote it, had liv'd beyond his senses".

Suponhamos, diz Woolston, que Deus enviasse hoje um embaixador a Londres para converter o clero mercenário, e que esse embaixador ressuscitasse os mortos, que diriam nossos padres?

Ele blasfema a encarnação, a ressurreição, a ascensão de Jesus Cristo, segundo os mesmos princípios. Afirma serem esses milagres a mais descarada e mais evidente impostura que jamais se produziu no mundo. "The most manifest, and the bare-faced imposture that ever was put upon the world."

E o que há talvez de ainda mais estranho, é que cada um de seus discursos é dedicado a um bispo. Não são absolutamente dedicatórias à francesa; nelas não há nem elogios nem adulação: critica-lhes o orgulho, a avareza, a ambição, as cabalas; diverte-se vendo-os submetidos às leis do Estado como os outros cidadãos.

Finalmente, esses bispos, cansados de ser ultrajados por um simples membro da Universidade de Cambridge, conjuraram contra ele as leis às quais eles próprios estão sujeitos. Intentaram contra ele um processo no tribunal do rei perante o lorde-justiça Raymond, em 1729. Woolston foi preso e condenado a uma multa e a fiança de cento e cinqüenta libras esterlinas. Seus amigos pagaram a fiança, e ele não morreu na prisão, como consta em alguns de nossos dicionários produzidos ao acaso. Morreu em casa, em Londres, após ter pronunciado essas palavras: "This is a pass that every man must come to. – Esse é um passo que todo homem deve dar." Algum tempo antes de sua morte, uma devota, encontrando-o na rua, cuspiu-lhe no rosto: ele enxugou-se e saudou-a. Suas maneiras eram simples e ternas: obstinara-se demasiado no sentido místico, e blasfemara o sentido literal; mas é provável que tenha se arrependido na morte, e que Deus lhe tenha feito misericórdia.

Nessa mesma época apareceu na França o testamento de Jean Meslier, cura de But e d'Étrepigny na Champagne, do qual já falamos no artigo CONTRADIÇÕES.

Era uma muito espantosa e triste coisa que dois padres escrevessem ao mesmo tempo contra a religião cristã. O cura Meslier é ainda mais exaltado que Woolston; ousa chamar o transporte de nosso Salvador pelo diabo ao topo da montanha, as núpcias de Caná, os pães e os peixes, de contos absurdos, injuriosos à Divindade, que foram ignorados durante trezentos anos por todo o império romano, e que finalmente passaram da canalha ao palácio dos imperadores, quando a política os obrigou a adotar as loucuras do povo para melhor subjugá-lo. As declamações do padre inglês não se assemelham às do padre da Champagne. Woolston tem às vezes deferências; Meslier não; é um homem tão profundamente ulcerado pelos crimes que testemunhou que considera a religião cristã responsável por eles, esquecendo que ela os condena. Não há milagre que não seja para ele objeto de desprezo e de horror; não há profecia que não compare às de Nostradamus. Chega ao ponto de comparar Jesus Cristo a dom Quixote, e são Pedro a Sancho Pança; e, o mais deplorável, é que escrevia essas blasfêmias contra Jesus Cristo nos braços da morte, momento em que os mais dissimulados não ousam mentir, e os mais intrépidos tremem. Profundamente ferido por algumas injustiças de seus superiores, profundamente abalado pelas grandes dificuldades que encontrava nas Escrituras, desencadeou contra elas mais que os Acosta e todos os judeus, mais que os grandes Porfírio, os Celso, os Jâmblico, os Julianos, os Libânio, os Máximo, os Símaco, e todos os partidários da razão humana jamais se encolerizaram contra nossas incompreensibilidades divinas. Foram publicados vários compêndios de seu livro; mas, felizmente, aqueles que têm nas mãos a autoridade suprimiram-nos tanto quanto puderam[11].

Um cura de Bonne-Nouvelle, perto de Paris[12], também escreveu sobre o mesmo tema; de modo que, ao mesmo tempo que o abade Becheran e os outros convulsionários faziam milagres, três padres escreviam contra os milagres verdadeiros.

O livro mais contundente contra os milagres e contra as profecias é o de milorde Bolingbroke[13]. Mas felizmente

....

11. A *Seleção*, feita por Voltaire, *do Testamento de J. Meslier*, foi publicada na *Miscelânea*, no ano de 1762.

12. A cúria de Bonne-Nouvelle fica em Paris; a igreja foi reconstruída há pouco. (Nota de Beuchot.)

13. Em seis volumes. (Nota de Voltaire.)

ele é tão volumoso, tão desprovido de método, seu estilo é tão verborrágico, suas frases tão longas, que é preciso uma extrema paciência para lê-lo.

Houve espíritos que, encantados com os milagres de Moisés e de Josué, não tiveram pelos de Jesus Cristo a veneração que lhes é devida; sua imaginação, enlevada pelo grande espetáculo do mar que abria seus abismos e suspendia suas ondas para deixar passar a horda hebraica, pelas dez pragas do Egito, pelos astros que se detinham em seu curso sobre Gabaon e Ajalon etc., não podia mais se rebaixar a pequenos milagres, como o da água tornada vinho, uma figueira secada, porcos afogados num lago.

Vangenseil dizia com impiedade que era como ouvir música provinciana logo após um grande concerto.

O Talmud pretende que houve muitos cristãos que, comparando os milagres do Antigo Testamento com os do Novo, abraçaram o judaísmo: acreditavam que não era possível que o Senhor da natureza tivesse feito tantos prodígios para uma religião que queria aniquilar. Como!, diziam, teria havido durante séculos uma série de milagres espantosos em favor de uma religião verdadeira que se tornaria falsa! Como! O próprio Deus teria escrito que essa religião jamais morreria, e que se deveria apedrejar os que quisessem destruí-la!, e entretanto enviará seu próprio filho, que é ele mesmo, para aniquilar o que ele próprio edificou durante tantos séculos!

E há ainda mais: esse filho, continuam, esse Deus eterno, tendo-se feito judeu, esteve ligado à religião judaica durante toda a vida; cumpre todos os seus ritos, freqüenta o templo judaico, não anuncia nada contrário à lei judaica, todos os seus discípulos são judeus, todos observam as cerimônias judaicas. Certamente não foi ele, dizem, que fundou a religião cristã; foram judeus dissidentes que se uniram a platônicos. Não há um só dogma do cristianismo que tenha sido pregado por Jesus Cristo.

É assim que raciocinam esses homens temerários que, tendo o espírito ao mesmo tempo falso e audacioso, ousam julgar as obras de Deus, e só admitem os milagres do Velho Testamento para rejeitar todos os do Novo.

Entre eles encontra-se, desgraçadamente, esse infeliz padre de Pont-à-Mousson na Lorraine, chamado Nicolas Antoine[14]; não se lhe conhece nenhum outro nome. Tendo recebido os chamados *quatre mineurs* na Lorraine, o predicante Ferry, passando por Pont-à-Mousson, fê-lo conceber grandes escrúpulos, e persuadiu-o que os *quatre mineurs* eram o signo da besta. Antoine, desesperado por levar o signo da besta, fê-lo apagar por Ferry, abraçou a religião protestante, e foi ministro em Genebra por volta de 1630.

Impregnado pela leitura dos rabinos, achou que, se os protestantes tinham razão contra os papistas, os judeus tinham ainda mais razão contra todas as seitas cristãs. Do vilarejo de Divonne, no qual era pastor, partiu para Veneza no intuito de se converter judeu, com um pequeno aprendiz de teologia que persuadira e que depois o abandonou, não tendo vocação para o martírio.

Primeiro, o ministro Nicolas Antoine se abstém de pronunciar o nome de Jesus Cristo em seus sermões e em suas preces; mas logo, inflamado e encorajado pelo exemplo dos santos judeus que professavam audaciosamente o judaismo diante dos príncipes de Tiro e da Babilônia, partiu descalço para Genebra para confessar, diante dos juízes e diante dos ajudantes dos mercados, que não há mais do que uma religião na terra, porque não há mais do que um Deus; e que essa religião é a judaica, que é preciso forçosamente se circuncidar; que é um crime horrível comer toucinho e chouriço. Exortou pateticamente todos os genebrinos que se aglomeraram ao seu redor a cessar de serem filhos de

---

14. Ver o artigo CONTRADIÇÕES, seção II.

Belial, a serem bons judeus, a fim de merecer o reino dos céus. Prenderam-no, ataram-no.

O pequeno conselho de Genebra, que então nada fazia sem consultar o conselho dos predicantes, pediu-lhes a opinião. Os mais sensatos desses padres propuseram sangrar Nicolas Antoine na veia cefálica, banhá-lo e alimentá-lo com bons caldos, após o que o acostumariam insensivelmente a pronunciar o nome de Jesus Cristo, ou pelo menos a ouvi-lo pronunciar sem ranger os dentes como sempre lhe acontecia. Acrescentaram que as leis toleravam os judeus, que havia oito mil deles em Roma, que muitos mercadores eram judeus de verdade; e que, já que Roma admitia oito mil filhos da sinagoga, Genebra bem que podia tolerar um. A esta palavra, *tolerância*, os outros pastores, em maior número, rangendo muito mais os dentes do que Antoine ao nome de Jesus Cristo e encantados, além disso, por encontrar uma ocasião para poder queimar um homem, o que acontecia muito raramente, foram absolutamente a favor da queima. Decidiram que nada serviria melhor para consolidar o verdadeiro cristianismo; que os espanhóis só haviam adquirido tanta reputação no mundo porque queimavam judeus todos os anos; e que, afinal de contas, se o Antigo Testamento devia prevalecer sobre o Novo, Deus não deixaria de vir apagar em pessoa a chama da fogueira, como fez na Babilônia em favor de Sidrac, Misac e Abdénago; que, nesse caso, retomariam o Velho Testamento, mas que entrementes era absolutamente preciso queimar Nicolas Antoine. Portanto, decidiram *eliminar o malvado*: são suas próprias palavras.

O síndico Sarrasin e o síndico Godefroi, que eram boas cabeças, acharam o arrazoado do sinedrim genovês admirável; e, como mais fortes, condenaram Nicolas Antoine, o mais fraco, a morrer da morte de Calanus e do conselheiro Dubourg. O que foi executado em 20 de abril de 1632 numa belíssima praça campestre chamada *Plain-palais*, na presença de vinte mil homens que abençoavam a nova lei e o grande senso do síndico Sarrasin e do síndico Godefroi.

O Deus de Abraão, de Isaac e de Jacó não renovou o milagre da fornalha da Babilônia em favor de Antoine.

Abauzit, homem muito verídico, relata em suas notas que ele morreu com a maior constância, e que persistiu na fogueira em seus sentimentos. Não se exaltou contra seus juízes quando ataram-no ao poste; não demonstrou nem orgulho nem baixeza; não chorou, não suspirou, resignou-se. Jamais mártir consumou seu sacrifício com fé mais viva; jamais filósofo encarou uma morte horrível com mais firmeza. Isso prova evidentemente que sua loucura não passava de uma forte persuasão. Roguemos ao Deus do Velho e do Novo Testamento que tenha misericórdia dele.

Digo o mesmo do jesuíta Malagrida, que era ainda mais louco que Nicolas Antoine; do ex-jesuíta Patouillet e do ex-jesuíta Paulian, se porventura os queimarem.

Muitos escritores, que tiveram a infelicidade de ser mais filósofos que cristãos, foram ousados o suficiente para negar os milagres de nosso Senhor; mas, após os quatro padres de que falamos, não é preciso citar ninguém mais. Lamentemos esses quatro infortunados, cegados por suas luzes enganadoras e animados por sua melancolia, que os precipitou num abismo tão funesto.

II. *Questões sobre os milagres*

Nota de Beuchot

David Claparède, nascido em 1727, morto após 1786, é o autor das *Considerações sobre os milagres*, 1765, in-8º, que deram ensejo às *Cartas sobre os milagres*, e muitos outros escritos. Essas *Cartas* apareceram isolada e sucessivamente. Possuo, das dezesseis primeiras, um exemplar no qual cada uma delas constitui um caderno com paginação própria. Nunca pude encontrar, nesse formato, as cartas de 17 a 20. Talvez essas quatro últimas só tenham sido publicadas quando se reuniram as dezesseis primeiras numa única obra. O que me leva a pensar dessa maneira é que não há senão dezesseis cartas na reimpressão in-12 com 126 páginas, que traz a data de Genebra, 1767, encimada com esta inscrição:

Epístola dedicatória do editor
Ao senhor Comus

Não poderíamos dedicar essa coletânea de *Questões sobre os milagres* mais dignamente do que a vós, senhor, porque de Padre-Nosso entende o vigário. Sou com admiração,
Senhor,

Vosso mui humilde e obediente criado
BRIOCHETINO,
Descendente do célebre Brioché.

Brioché, como vimos[1], era um mestre renomado de marionetes. A primeira das *Questões sobre os milagres* é mencionada nas *Memórias secretas*, de 23 de julho de 1765; a segunda carta, num artigo de 21 de agosto. Podemos ver, por um artigo de 4 de setembro, que mais oito estavam sendo então publicadas. Não encontrei o menor vestígio das outras. Entretanto, tenho em mãos um volume in-8º de 232 páginas provavelmente saído dos prelos de Cramer, e intitulado *Coletânea das Cartas sobre os milagres, escritas em Genebra e em Neufchâtel, pelo senhor proponente Théro, pelo senhor Covelle, pelo senhor Needham, pelo senhor Beaudinet, e pelo senhor de Montmolin* etc., em Neufchâtel, no ano de 1765. Este volume contém as vinte cartas e termina com a seguinte alínea: *Eis a coletânea completa* etc. que não se encontra no volume in-12, datado de 1767, do qual falei. Aconteceu muitas vezes a Voltaire de antedatar suas obras; mas a data de 1765 para as vinte cartas é incontestável, segundo o próprio Needham, o antagonista de Voltaire. Uma outra edição desta *Coletânea*, com 258 páginas, pequeno in-8º datado de 1767, é inteiramente conforme à edição de 1765. Não trazem, nem uma nem outra, a *epístola dedicatória* da edição in-12 datada de 1767, e que, de acordo com isso, bem poderia não ser autêntica.

Poder-se-ia acreditar, e eu mesmo acreditei nisso durante muito tempo, que todos os artigos que fazem parte das *Questões* haviam saído da pena de Voltaire. Algumas explicações são aqui necessárias.

Jean Tuberville de Needham, jesuíta, nascido em Londres em 1713, morto em Bruxelas em 30 de dezembro de 1781, autor de experiências de física ridicularizadas por Voltaire e de alguns escritos publicou: 1º *Resposta de um teólogo ao douto proponente das outras questões*, in-12 de 23 páginas; é uma resposta à segunda carta, e que Voltaire reproduziu na íntegra acrescentando-lhe notas na *Coletânea* em 1765 e 1767; os editores de Kehl só publicaram as passagens necessárias à inteligência das notas de Voltaire: isso

---

1. *Mélanges IV*, p. 261. Todas as referências às obras de Voltaire remetem às *Oeuvres complètes de Voltaire*, Garnier Frères, Libraires-Éditeurs, Paris, 1879. (N. da T.)

bastando, fiz como eles; 2º *Paródia da terceira carta do proponente dirigida a um filósofo*, in-12 de 25 páginas, sem cortar o título, também reproduzida na íntegra em 1765 e 1767 e, em parte, nas edições de Kehl; 3º *Resposta em poucas palavras às dezessete últimas cartas do proponente*; não vi a edição original desse texto; mas ela se encontra num volume intitulado *Questões sobre os milagres etc., com respostas, do senhor Needham*, Londres e Paris, Crapart, 1769, in-8º de 116 páginas; 4º *Observações sobre a décima sexta carta do proponente*, da qual só vi a reimpressão de 1769, mas que deve ter sido publicada em 1765, com o título de *Projeto de observações instrutivas*, já que foi com este título que a reproduziram em 1765 e 1767, acrescentando-lhe também notas.

Voltaire divertiu-se, como se verá, assinando várias notas com os nomes de Beaudinet, Boudry, Covelle, Euler etc.

BEUCHOT

Primeira carta[1]

Ao senhor professor R..., por um proponente

Senhor,

Li vosso livro sobre os milagres com tanto fruto que vos peço novas instruções.

Ousarei, senhor, para pôr um pouco de ordem nas graças que vos peço, distinguir algumas espécies de milagres em nosso divino Salvador: os que fez por si mesmo, e os que se dignou operar por meio de seus apóstolos ē santos.

Nos que fez durante a vida, distinguirei os que atestam apenas sua potência ou bondade, como a vista devolvida aos cegos, e a vida aos mortos; os que são tipos, alegorias manifestas; e finalmente os que promete fazer, e na expectativa dos quais o gênero humano deve operar a própria salvação com temor.

....

1. A edição original desta carta intitula-se *Questões sobre os milagres*, ao senhor professor Cl..., por um proponente, in-8º de 20 páginas. As iniciais Cl. foram conservadas nas reimpressões de 1765 e 1767: foram substituídas pela inicial R... na edição que faz parte do tomo XIX de *Nouveaux mélanges* (*Novas miscelâneas*), na qual consta o ano de 1775. (Nota de Beuchot.)

– Um *proponente* é aquele que é avaliado para ser aceito como ministro na religião reformada.

Dos milagres de Nosso Senhor Jesus Cristo que manifestaram sua potência ou sua bondade

Jesus ainda não havia nascido, e temos que convir que já fazia os maiores milagres, já que era Deus, e concebido no seio de uma virgem.

Assim que nasce num estábulo, os anjos vêm do alto das esferas celestes anunciar o grande acontecimento aos pastores de Belém. Uma nova estrela brilha no céu, do lado do oriente; essa estrela caminha, e conduz três magos, ou três príncipes, até o estábulo no qual o Senhor do mundo nascera. Eles lhe oferecem incenso, mirra e ouro. Esses são, sem dúvida, os milagres mais autênticos: pois fulguram no céu e na terra; astros, anjos, reis, são seus ministros. Jesus deve ser reconhecido já na infância por todos esses prodígios. Acrescentemos ainda o milagre de o velho Herodes, feito rei dos judeus pelos romanos, e já então atingido por uma doença mortal, ter-se persuadido de que Jesus era rei, e, para perdê-lo, tenha mandado massacrar todas as crianças do país. Este grande massacre de crianças não é coisa natural, e pode certamente ser contado entre os prodígios que acompanharam o nascimento e a circuncisão da segunda pessoa da Trindade.

Uma prova não menos pública e não menos fragorosa de sua divindade é seu batismo. Na presença de uma grande multidão de povo, quando Jesus estava saindo nu da água, a terceira pessoa da Trindade pousa em sua cabeça sob a forma de pomba; o céu se abre, e Deus pai proclama ao povo: "Este é meu filho bem-amado, em quem me comprazi; escutai-o."[2]

É impossível resistir a signos tão divinos, tão públicos, e diante dos quais todos os homens deveriam se prosternar num silêncio de adoração.

---

2. Mt 3, 17.

Assim a terra inteira reconheceu, sem dúvida, esses milagres; o próprio Pilatos relatou-os ao imperador Tibério, depois que o homem-Deus fora supliciado, e Tibério quis elevar Jesus Cristo à altura dos deuses; mas provavelmente Jesus não tolerou essa mistura adúltera entre o verdadeiro Deus e os deuses dos gentis, e impediu que Tibério realizasse o que estava reservado ao devoto Constantino.

O próprio Tertuliano, um dos primeiros Santos Doutores, certifica-nos desta anedota, e Eusébio a confirma na sua *História eclesiástica*, livro II, capítulo II. Objetam-nos que Tertuliano escrevia cento e oitenta anos depois de Jesus Cristo; que poderia se enganar, que sempre falou muito aleatoriamente, que se abandonava à sua imaginação africana; que Eusébio de Cesaréia, um século depois dele, apoiou-se num péssimo garante; que nem mesmo afirma essa passagem da história, serve-se das palavras *dizem*; mas, enfim, ou Pilatos escreveu as cartas ou os primeiros cristãos, discípulos dos apóstolos, forjaram-nas. Se praticaram tais atos fraudulentos, eram portanto ao mesmo tempo impostores e supersticiosos; eram portanto os mais desprezíveis de todos os homens. Ora, como homens tão covardes eram tão constantes em sua fé? Em vão nos respondem que eram covardes e velhacos devido à baixeza de seu estado e de sua alma, e constantes em sua fé devido ao fanatismo.

Grócio, Abbadie, Houteville, e vós, senhor, mostrais suficientemente como esses contrários não podem subsistir juntos, quaisquer que sejam as fraquezas e as contradições do espírito humano. Não apenas esses primeiros cristãos provelmente viram os atos e as cartas de Pilatos, mas também os milagres dos apóstolos que haviam constatado os de Jesus Cristo.

Insistem ainda, dizem-nos: Os primeiros cristãos decerto produziram falsas predições atribuindo-as às sibilas; forjaram versos gregos que pecam pela quantidade; imputaram às antigas sibilas versos acrósticos[3] repletos de solecismos, que ainda encontramos em Justino, em Clemente de Alexandria, em Lactâncio; supuseram Evangelhos; citaram antigas profecias que não existiam; citaram passagens de nossos quatro Evangelhos que não estão nesses Evangelhos; forjaram cartas de Paulo a Sêneca, e de Sêneca a Paulo[4]; supuseram até mesmo cartas de Jesus Cristo; interpolaram passagens no historiador Josefo para fazer crer que esse Josefo não apenas menciona Jesus, mas que o vê como o Messias, apesar de Josefo ser um fariseu obstinado; forjaram as Constituições apostólicas, e mesmo o Símbolo dos apóstolos. É pois evidente que não passavam de um bando de meio-judeus, egípcios, sírios e gregos facciosos, que enganavam um vil populacho com as mais infames imposturas. Só tinham que combater gentios embrutecidos com outras fábulas; e as novas fábulas dos cristãos prevaleceram enfim sobre as antigas, quando eles emprestaram dinheiro a Constâncio Cloro e a Constantino, seu filho. Eis, dizem, a história natural do estabelecimento do cristianismo: seus fundamentos são o entusiasmo, a fraude e o dinheiro.

É assim que raciocinam os inúmeros partidários de Celso, de Porfírio, de Apolônio, de Simaco, de Libâneo, do imperador Juliano, de todos os filósofos, até os tempos dos Pomponace, dos Cardan, dos Machiavel, dos Socin, de milorde Herbert, de Montaigne, de Charron, de Bacon, do cavaleiro Temple, de Locke, de milorde Shaftesbury, de Bayle, de Wollaston, de Toland, de Tindal, de Collins, de Woolston, de milorde Bolinbroke, de Middleton, de Spinoza, do cônsul Maillet, de Boulainvilliers, do sábio Fréret, de Dumarsais, de Meslier, de La Métrie, e de uma multidão prodigiosa de deístas hoje disseminados por toda a Europa que, como os muçulmanos, os chineses e os antigos parses, criam insultar Deus se lhe supusessem um filho que houvesse feito milagres na Galiléia.

Podem-nos supor arrasados por esse aparato de armas brilhantes; mas não desanimemos. Vejamos se os cristãos são culpados desses crimes de falsificação dos quais os acusam.

Limitar-me-ei aqui a falar dos falsos evangelhos. Eram, dizem, em número de cinqüenta. Escolheram quatro deles por volta do início do século III. Quatro bastavam de fato; mas acaso decidiu-se que todos os outros eram supostos por impostores? Não, vários desses evangelhos eram vistos como testemunhos muito respeitáveis: por exemplo, Tertuliano, em seu livro *du Scorpion*; Orígenes, em seu *Comentário sobre São Mateus*; são Epifânio, em sua *Trigésima lição sobre as heresias dos ebionitas*; Eustáquio[3], em seu *Hexamerão*, e muitos outros, falam com grande respeito do *Evangelho* de são Tiago. É muito valioso, pois que é o único em que se encontra a morte de Zacarias, da qual Jesus fala em são Mateus[4]. Esse Evangelho serve de introdução aos outros, e provavelmente só foi negligenciado porque não era abrangente o bastante.

Não menos respeitado foi o de Nicodemo: os testemunhos em seu favor são inúmeros; mas, em todos esses evangelhos que nos restaram, há tantos milagres quanto nos outros. É pois evidente que todos os que escreveram evangelhos estavam persuadidos de que Jesus fizera uma enorme quantidade de prodígios.

Mesmo o antigo livro intitulado *Sepher toldos Jeschut*, escrito por um judeu contra Jesus Cristo, já no século I, não nega que ele tenha operado milagres; pretende apenas que Judas, seu adversário, também os fazia tão grandes quanto, e atribui todos eles à magia.

Os incrédulos dizem que não existe magia, que esses prodígios só eram cridos por idiotas, que os homens de Estado, as pessoas de espírito, os filósofos, sempre zombaram

....

3. Eustathe ou Eustathius, autor do *Comentário sobre a obra dos seis dias*, morto aproximadamente em meados do século IV.
4. Mt 23, 35.

deles; remetem-nos ao *credat Judaeus Apella* de Horácio[5], a todas as mostras de desprezo que foram prodigadas aos judeus e aos primeiros cristãos, vistos durante muito tempo como uma seita de judeus; dizem que, se alguns filósofos, em suas disputas com os cristãos, conviram nos milagres de Jesus, tratava-se de teurgistas fanáticos que criam na magia, que só viam Jesus como um mago e que, deslumbrados com os falsos prodígios de Apolônio de Tyane e de tantos outros, admitiam também os falsos prodígios de Jesus. A confissão de um louco feita a um outro louco, um absurdo dito a pessoas absurdas, não constituem provas para os espíritos bem formados; de fato, os cristãos, apoiados na história da pitonisa de Endor e na dos feiticeiros do Egito, criam na magia como os pagãos; todos os Santos Doutores, que pensavam que a alma é uma substância ígnea, diziam que essa substância pode ser evocada por sortilégios; esse erro foi o de todos os povos.

Os incrédulos vão ainda mais longe: asseguram que jamais os verdadeiros filósofos gregos e romanos admitiram os milagres dos cristãos e que apenas lhes diziam: Se vos gabais de vossos prodígios, nossos deuses fizeram cem vezes mais; se tendes alguns oráculos na Judéia, a Europa e a Ásia estão repletas deles; se tivestes algumas metamorfoses, temos mil; vossos prestígios não passam de uma fraca imitação dos nossos; fomos os primeiros charlatães, e vós os últimos. Aqui está, continuam nossos adversários, o resultado de todas as disputas entre pagãos e cristãos. Concluem, numa palavra, que nunca houve milagres, e que a natureza sempre foi a mesma.

Respondemos que não se deve julgar aquilo que se fazia outrora por aquilo que se faz hoje: os milagres eram necessários para a Igreja nascente, não o são para a Igreja es-

───────────

5. Livro I, sátira V, verso 100.

tabelecida; Deus estando entre os homens devia agir como Deus: os milagres são para ele ações comuns; o senhor da natureza deve sempre estar acima da natureza. Assim, desde que ele escolheu um povo, toda sua conduta para com esse povo foi miraculosa; e, quando quis estabelecer uma nova religião, teve que estabelecê-la através de novos milagres.

Longe de esses milagres contados pelos judeus e pelos cristãos serem imitações do paganismo, foram, ao contrário, os pagãos que quiseram imitar os milagres dos judeus e dos cristãos.

Nossos adversários replicam que os pagãos já existiam muito antes dos judeus; que os reinos da Caldéia, da Índia, do Egito, floresciam antes que os judeus habitassem os desertos de Sin e de Horeb; que esses judeus, que tomaram emprestado dos egípcios a circuncisão e tantas cerimônias, e que só tiveram videntes, profetas, após os videntes do Egito, emprestaram deles também os milagres. Enfim, transformam os judeus num povo recentíssimo. Teriam razão se só se pudesse remontar a Moisés; mas de Moisés remontamos a Abraão e a Noé através de uma seqüência contínua de milagres.

Os incrédulos ainda não se rendem: dizem que não é possível que Deus tenha feito milagres maiores para estabelecer a religião judaica num confim do mundo do que para estabelecer o cristianismo no mundo inteiro. Segundo eles, é indigno de Deus formar um culto para constituir um outro; e, se o segundo culto é melhor do que o primeiro, é ainda mais indigno de Deus só fortalecer o segundo culto com pequenas maravilhas, depois de haver fundado o primeiro nos maiores prodígios. Possessos libertados, água tornada vinho, uma figueira secada, não chegam nem aos pés das pragas do Egito, do mar Vermelho entreaberto e suspenso, e do sol que pára.

Respondemos como todo bom metafísico: não há nem pequenos nem grandes milagres, todos se equivalem; é tão impossível para o homem quanto possível para Deus seja curar com uma palavra um paralítico, seja parar o sol; e, sem examinar se os prodígios cristãos são maiores que os prodígios mosaicos, é certo que apenas Deus pôde operar uns e outros.

Dos milagres típicos

Chamo de milagres típicos os que são evidentemente o tipo, o símbolo de alguma verdade moral. O doutor Woolston trata com uma indecência revoltante dos milagres da figueira secada[6] por não ostentar figos quando não era época de figos; dos diabos enviados numa vara de dois mil porcos[7] numa região em que não havia porcos; do rapto de Jesus pelo diabo numa montanha[8], da qual podem ser avistados todos os reinos da terra; da transfiguração no Tabor[9] etc.; mas não é verdade que quase todos os Santos Doutores nos advertem para o sentido místico que essas narrações encerram?

É ridículo, dizem, fazer com que Deus desça à terra para tentar comer figos no mês de março, e para secar uma figueira que não ostenta figos fora da época de figos. Mas, se isso é dito apenas no intuito de advertir os homens de que devem em todas as épocas ostentar frutos de justiça e de caridade, então nada há nisso que não seja útil e sábio.

Os diabos enviados numa vara de dois mil porcos acaso significam algo além da mácula dos pecados que vos rebaixam à condição dos animais imundos? Deus, permitindo que o demônio dele se apodere e o transporte para o alto de uma montanha, não estaria nos dando uma idéia sensí-

----

6. Mt 21, 19; Mc 11, 13.
7. Mt 8, 32; Mc 5, 13; Lc 8, 32.
8. Mt 4, 5; Lc 4, 5.
9. Mt 17, 1; Mc 9, 1.

vel das ilusões da ambição? Se o diabo tenta Deus, quão mais facilmente não tentará os homens!

Ouso pensar que os milagres dessa espécie, que escandalizam tantos espíritos, são semelhantes às parábolas usadas naquela época. Bem sabemos que o reino dos céus não é um grão de mostarda[10]; que jamais rei enviou mensageiros aos vizinhos para dizer-lhes[11]: "Matei minhas aves, vinde às bodas"; que homem algum enviou um criado às estradas para obrigar os caolhos e os mancos a virem cear em sua casa[12]; que jamais lançou-se alguém na prisão[13] por não estar vestindo traje nupcial; mas o sentido de todas essas parábolas é uma instrução moral.

Que me seja permitido, nesta ocasião, refutar a opinião dos que preferem as passagens de Confúcio, de Pitágoras, de Zaleucus, de Sólon, de Platão, de Cícero, de Epiteto, aos discursos de Jesus Cristo, que lhes parecem demasiado populares e demasiado baixos. Todos esses filósofos escreviam para filósofos, mas Jesus Cristo nunca escreveu. Não está nem mesmo dito que na qualidade de homem ele tenha se dignado aprender a escrever. Falava ao povo; e a qual povo? ao de Carnafaum e ao dos burgos da Galiléia. Conformava-se portanto à linguagem do povo. Era rei, mas não se manifestava como rei. Era Deus, mas não se anunciava como Deus. Era pobre, e evangelizava os pobres. Nossos adversários não podem tolerar que os evangelistas façam Deus dizer que: "o trigo deve apodrecer para germinar[14]; que não se deve colocar vinho novo em velhos tonéis[15] etc.". Isso é não somente baixo, dizem, mas também falso. Em primeiro

....

10. Mt 13, 31; Mc 4, 31; Lc 13, 19.
11. Mt 22, 5.
12. Lc 14, 21.
13. Mt 22, 13.
14. 1 Cor 15, 36.
15. Mt 9, 17; Mc 2, 22; Lc 5, 37, 38.

lugar, as comparações feitas a partir das coisas naturais não são baixas; nada há de pequeno nem de grande aos olhos do senhor da natureza. Em segundo lugar, o que era falso em si não o era na opinião do povo. Replicam que Deus podia corrigir esses preconceitos em vez de se sujeitar a eles. E nós replicamos, por nossa vez, que Deus veio ensinar moral, e não física.

Dos milagres prometidos por Jesus Cristo

Jesus Cristo promete, em são Lucas[16], que virá sobre as nuvens com grande potência e grande majestade, antes que a geração presente se tenha extinguido. Em São João[17], ele promete o mesmo milagre. Assim, São Paulo diz aos tessalonicenses[18] que eles irão juntos ao encontro de Deus, em pleno ar. Esse grande milagre, dizem os incrédulos, não se cumpriu mais do que o do movimento das montanhas prometido a quem tivesse um grão de fé[19].

Mas respondemos que o advento de Jesus no meio das nuvens está reservado para o fim do mundo, que naquele momento era considerado próximo. E, quanto à promessa de mover as montanhas, é uma expressão que marca que não temos quase nunca uma fé perfeita, assim como a dificuldade de se passar um camelo por um buraco de agulha[20] mostra apenas a dificuldade de se salvar um homem rico.

Do mesmo modo, se tomássemos ao pé da letra a maioria das expressões hebraicas que encontramos em abundân-

....
16. Lc 21, 27.
17. Essa passagem não se encontra em são João, mas em são Mateus 24, 30, e 26, 64; são Marcos 13, 26, e 14, 62.
18. 4, 16.
19. Mt 17, 19
20. Mt 19, 24.

cia no Novo Testamento, nos exporíamos a nos escandalizar. "Não vim trazer a paz, mas o gládio"[21] é um discurso que assusta os fracos. Dizem que é anunciar uma missão destrutiva e sanguinária; que essas palavras serviram de desculpa aos perseguidores e aos massacres durante mais de quatorze séculos, e que essa idéia é um pretexto para que muitas pessoas odeiem a religião cristã. Mas, se considerarmos que por essas palavras é preciso entender os combates que se travam no coração, e o gládio com o qual se cortam os laços que nos prendem ao mundo, então nos edificaremos em vez de nos revoltarmos. Assim, os milagres de Jesus e suas parábolas são tantas outras lições.

Dos milagres dos apóstolos

Perguntam-nos: como línguas de fogo[22] podem ter descido sobre a cabeça dos apóstolos e dos discípulos num casebre? como cada apóstolo, falando apenas a própria língua, podia ao mesmo tempo falar a dos diversos povos que o ouviam, cada qual em seu idioma? como cada auditor, ouvindo pregar em sua própria língua, podia dizer que os apóstolos estavam bêbados de vinho novo no mês de maio? Bem podemos, dizem, tomar por um homem bêbado aquele que fala sem se fazer entender por ninguém, mas não aquele que se faz entender por todos.

Essas pequenas dificuldades, tantas vezes propostas, não devem causar a menor inquietação: pois a partir do momento em que se convém que Deus fez milagres para substituir o judaísmo pelo cristianismo, não se deve implicar com a maneira pela qual Deus os operou; ele é também o senhor dos

---

21. Mt 10, 34.
22. At 2, 3-13.

fins e dos meios. Se um médico vos cura, ireis questioná-lo sobre como procedeu para curar-vos? Espanta-vos, por exemplo, que os apóstolos tenham curado doentes com sua sombra[23]; dizeis que a sombra é apenas a ausência de luz, que o nada não tem propriedades. Essa objeção cai por terra se convierdes no poder dos milagres. Só teria algum peso entre aqueles que dizem que Deus não pode fazer milagres inúteis; e é isso que se deve examinar.

Os prodígios de Jesus e dos apóstolos parecem inúteis a nossos contraditores. O mundo, dizem, não ficou melhor graças a eles; a religião cristã, pelo contrário, tornou os homens mais cruéis; testemunho disso, os massacres dos maniqueus, dos arianos, dos atanasianos, dos valdenses, dos albigenses, testemunho disso tantos cismas sangrentos, testemunho disso São Bartolomeu; mas isso é o abuso da religião cristã, e não sua instituição. Em vão dizeis que a árvore que sempre dá tais frutos é uma árvore morta; é uma árvore de vida para o pequeno número de eleitos que constituem a Igreja triunfante: é pois em favor desse pequeno número de eleitos que todos os milagres foram feitos. Se foram inúteis para a maior parte dos homens, que são corrompidos, foram úteis para os santos. Mas era preciso, dizeis, que Deus viesse à terra e que morresse para deixar quase todos os homens na perdição? A isto nada tenho a responder senão o seguinte: Sede justo, e não sereis danado. – Mas, se eu tivesse sido justo sem ser redimido, seria eu danado? – Não cabe a mim entrar nos segredos de Deus, e nada mais posso fazer do que me recomendar, convosco, à sua misericórdia.

A morte de Ananias e de Safira[24] vos escandaliza; espanta-vos que Pedro tenha feito um milagre duplo para fazer morrer subitamente a mulher após o esposo, culpados

....
23. At 5, 15.
24. At 5, 1 ss.

somente de não haver dado todos os bens à Igreja, e por haver conservado alguns óbolos para as necessidades prementes sem nada terem dito; ousais supor que este milagre foi inventado para forçar os pais de família a se despojar de tudo em favor dos padres: estais enganado; tratava-se de um voto feito ao próprio Deus: Deus é senhor de punir os violadores de juramentos.

Entrincheirai-vos dizendo que todos esses milagres foram escritos vários anos depois da época em que se podia examiná-los, depois de mortas as testemunhas; que esses livros só foram comunicados aos iniciados da seita; que os magistrados romanos deles não tiveram, durante cento e cinqüenta anos, nenhum conhecimento; que o erro cria raízes nos porões e nos sótãos abandonados. Remeto-vos, então, ao imperador Tibério, que deliberou sobre a divindade de Jesus; ao imperador Adriano, que colocou em seu oratório a imagem de Jesus; ao imperador Felipe, que adorou Jesus. Não me concedeis esses fatos: remeto-vos então à fundação da religião cristã, que é por si mesma um grande milagre. Também não me concedeis que essa fundação seja miraculosa; dizeis-me que nossa santa religião formou-se, como todas as outras, no fanatismo e no obscurantismo, como o anabatismo, o quacrismo, o moravianismo, o pietismo etc. Nesse caso, não posso senão lamentar-vos; também me lamentais. Quem de nós dois está errado? Eu apresento meus documentos, que remontam à origem do mundo, e não tendes senão vossa razão a vosso favor; também tenho a minha e rogo a Deus para que a esclareça: vedes o cristianismo apenas como uma seita de entusiastas, semelhante a dos essênios, dos judaítas, dos terapeutas, fundada inicialmente sobre o judaísmo, depois sobre o platonismo, mudando de artigo de fé a cada concílio, ocupando-se sem cessar com disputas tanto mais perigosas porque ininteligíveis, derramando sangue por essas disputas vãs, e transtornando a terra inteira desde a ilha da Inglaterra até as ilhas do Japão. Não vedes em tudo isso senão a demência humana; e eu vejo a sabedoria divina, que conservou esta religião apesar de nossos abusos. Vejo como vós o mal, mas não distinguis o bem; refleti comigo como reflito convosco.

Dos milagres depois do tempo dos apóstolos

Jesus, tendo o poder de fazer milagres, pôde transmiti-lo; se o transmitiu aos apóstolos, pôde dá-lo aos discípulos. Os incrédulos exultam vendo esse dom enfraquecer-se de século em século. Insultam a fraude piedosa dos historiadores cristãos, e dizem que, dentre todos os milagres com os quais ainda ornamos os primeiros séculos, não existe um só provado, um só verossímil, um só constatado pelos magistrados romanos, ou ao qual os historiadores romanos tenham feito menção. Ao contrário, os arquivos de Roma, os monumentos públicos, as histórias atestam os dois milagres do imperador Vespasiano, que, estando em seu tribunal, na Alexandria, devolveu publicamente a visão a um cego e o uso dos membros a um paralítico. Se, dizem eles, nem mesmo esses dois milagres tão autênticos e tão célebres suscitam hoje alguma crença, que fé poderíamos outorgar aos pretensos prodígios dos cristãos, prodígios operados no lodo de um populacho ignorado, relatados muito tempo depois e cercados em sua maioria de circunstâncias ridículas?

Que poderíamos pensar, dizem, da *Vida dos pais do deserto*, escrita por Jerônimo? Aqui, é um santo Pacômio que, querendo viajar, faz com que um crocodilo o transporte; ali, é um santo Amon que, pondo-se completamente nu para atravessar um rio a nado, é subitamente transportado para a outra margem, com medo de molhar-se; acolá, um corvo leva todos os dias a metade de um pão para o ermita Paulo durante sessenta anos; e, quando o ermita Antônio vem visitar Paulo, o corvo traz um pão inteiro.

E que dizer dos milagres relatados nos *Atos dos mártires?* Sete virgens cristãs, por exemplo, a mais nova com setenta anos, são condenadas pelo magistrado da cidade de Ancira a se tornarem vítimas da lubricidade dos rapazes da cidade. Um santo taberneiro cristão, informado do perigo que corriam aquelas virgens, roga a Deus que as faça morrer para impedir que percam a virgindade; Deus o atende; o juiz de Ancira manda jogá-las num lago; elas aparecem ao taberneiro, queixando-se de estarem a ponto de ser devoradas pelos peixes; o taberneiro vai, durante a noite, pescar as sete velhas; um anjo a cavalo, precedido por uma chama celeste, o conduz ao lago; ele sepulta as virgens, e como recompensa recebe a coroa de mártir.

Nossos pretensos sábios colecionam cem milagres desta natureza, insultam-nos; dizem (pois não devemos dissimular nenhuma de suas temeridades): Se os *Atos dos mártires* relatassem que o taberneiro em questão transformou água em vinho, não acreditaríamos de modo algum, apesar de tratar-se de uma operação natural nesse ofício: por que, então, acreditaríamos no milagre das núpcias de Caná, que parece tanto mais indigno da majestade de um Deus quanto mais adequado à profissão de um taberneiro?

Este argumento de que se serviu Woolston não me parece, confesso, senão uma blasfêmia: pois, por que seria indigno de Deus prestar-se à alegria inocente dos convivas, quando se dignou estar à mesa com eles? e, se quis realizar tais milagres, por que não os operaria posteriormente pelas mãos de seus eleitos? Os prodígios do Antigo e do Novo Testamento, uma vez admitidos, podem repetir-se em todos os séculos; e se não se produzem mais hoje é porque, como dissemos tantas vezes, não temos mais necessidade deles.

Grande objeção dos incrédulos combatida

O último recurso daqueles que só escutam sua razão enganadora é nos dizer que temos mais do que nunca necessidade de milagres. A Igreja, dizem, está reduzida ao estado mais deplorável.

Aniquilada na Ásia e na África, escrava na Grécia, na Ilíria, na Mésia, na Trácia, encontra-se dilacerada no resto da Europa, dividida em vinte seitas que se combatem, e sangrando ainda dos assassinatos de seus filhos; brilhante demais em alguns Estados, aviltada demais em outros, está mergulhada ou no luxo ou na lama. A languidez a desonra, a incredulidade a insulta; é objeto de inveja ou de piedade; brada aos céus: Restabelecei-me como me haveis criado; pede milagres como Raquel pedia filhos[25]. Esses milagres, provavelmente, não eram mais necessários quando Jesus ensinava e persudia do que o são hoje quando nossos pastores ensinam e não persuadem.

Esse é o arrazoado de nossos adversários: parece especioso; mas acaso não podemos dar-lhe uma resposta sólida? Jesus fez milagres nos primeiros séculos para estabelecer a fé, nunca os fez para inspirar a caridade; é acima de tudo de caridade que precisamos. O grande milagre destinado a produzir esta virtude de que carecemos é o de falar ao coração e tocá-lo; peçamos esse prodígio, e nós o obteremos. Tantas seitas, tantos sábios nunca poderão pensar de maneira uniforme; mas podemos nos tolerar, e até mesmo nos amar.

Spinoza não cria em nenhum milagre; mas dividiu os poucos bens que lhe restavam com um amigo indigente que cria em todos eles. Pois bem! lamentemos a cegueira de Be-

---

25. Gn 30, 1.

noît Spinoza[26], e imitemos sua moral; sendo mais esclarecidos que ele, sejamos, se possível, igualmente virtuosos.

Considero este fraco discurso apenas como perguntas que um aluno faz a seu professor.

Sou, senhor, com respeito etc.

....

26. Voltaire, numa nota da sátira intitulada *As cabalas*, diz que o nome de Spinoza é *Baruch* e não *Benoît*. Repete a mesma coisa em outros lugares.

Segunda carta[1]

Senhor,

Devotado como vós à nossa santa religião, por meu estado e por meu coração, instruído por vossas lições, desejoso de imitar-vos e incapaz de elevar-me à vossa altura, vejo com pesar que ninguém sustentou a verdade de nossos milagres com tanta sagacidade e com tanta profundidade quanto vós. Invectivou-se ao modo habitual[2], supondo-se sempre o que está em questão, dizendo: "Os milagres de Jesus são verdadeiros, já que estão relatados nos Evange-

....

1. A edição original intitula-se *Outras questões de um proponente ao senhor professor de teologia sobre os milagres*; in-8º de 14 páginas.
2. Nas *Cartas da planície*, livro que o senhor abade Sigorgne, vigário geral de Mâcon opôs às *Cartas da montanha*, de J.-J. Rousseau, escritas para responder às *Cartas do campo*, do senhor Tronchin. O senhor abade Sigorgne é o autor das *Instituições newtonianas*, e foi ele quem, primeiro, ousou ensinar na Universidade de Paris as verdades demonstradas por Newton. Mas, já que o geômetra Fatio quis fazer milagres, por que acharíamos ruim que um outro geômetra tenha a bondade de neles acreditar? (K.) – Falei de J.-R. Tronchin na minha *Advertência* que precede o *Sentimento dos cidadãos*.

Pierre Sigorgne, nascido em 1719 em Rambercourt-les-Pots, morreu em Mâcon em 10 de novembro de 1809. (Nota de Beuchot.)

– Fatio de que falam os editores de Kehl é Fatio de Duiller, nascido em 1664, morto em 1753.

lhos." Mas devia-se primeiro provar esses Evangelhos, ou pelo menos remeter os leitores aos Santos Doutores que os provaram, e reproduzir suas razões vitoriosas.

Seria preciso ser filósofo, teólogo e erudito, para tratar a fundo essa questão. Reunis essas três características: dirijo-me novamente a vós para saber como um filósofo pode admitir milagres, e como um teólogo sábio prova sua autenticidade.

Hobbes, Collins, milorde Bolinbroke, e outros, perguntam, em primeiro lugar: se é verossímil que Deus desarranje o plano do universo; se o Ser eterno, ao fazer as leis, não as fez eternas; se o Ser imutável não o é em suas obras; se é verossímil que o Ser infinito tenha perspectivas particulares, e que, tendo submetido a natureza inteira a uma regra universal, viole-a em favor de um único recanto nesse pequeno globo? se, estando tudo visivelmente encadeado, um só elo da cadeia universal pode desarranjar-se sem que a constituição do universo seja prejudicada? se, por exemplo, a terra interrompeu seu curso durante nove ou dez horas, e a lua o seu, para favorecer a derrota de algumas centenas de amorreus, não seria absolutamente necessário que todo o resto do mundo planetário tivesse sido transtornado?

É evidente que tendo a terra e a lua interrompido os respectivos cursos, o horário das marés teve que mudar. Os pontos desses dois planetas que se dirigem aos pontos correspondentes dos outros astros devem ter tomado outra direção, ou todos os outros planetas também devem ter parado. O movimento de projétil e de gravitação tendo sido suspenso em todos os planetas, os cometas infalivelmente se ressentiram; tudo isso para matar alguns desgraçados já esmagados por uma chuva de pedras; ao passo que pareceria mais digno da sabedoria eterna esclarecer e tornar felizes todos os homens sem milagre, do que fazer um tão grande com o único objetivo de dar a Josué mais tempo para acabar de massacrar alguns fugitivos já encurralados.

É bem pior quando se trata da estrela nova que apareceu nos céus, e que conduziu os magos do oriente para o ocidente. Essa estrela não podia ser menor que nosso sol, cujo tamanho supera o da Terra em um milhão de vezes. Esta massa enorme, somada à sua extensão, devia abalar o mundo inteiro composto desses sóis incontáveis chamados estrelas, que provavelmente estão rodeados de planetas. Mas que deve ter acontecido quando caminhou no espaço, apesar da lei que mantém todas as estrelas fixas em seu lugar? Os efeitos de tal marcha são inconcebíveis.

Eis pois não apenas nosso mundo planetário transtornado, mas todos os mundos possíveis também, e para quê? Para que nesse montículo de lama chamado Terra, os papas finalmente se apoderassem de Roma, os beneditinos se tornassem demasiadamente ricos, Anne Dubourg fosse enforcada em Paris, e Servet queimado vivo em Genebra.

O mesmo vale para vários outros milagres. A multiplicação de três peixes e de cinco pães alimentou abundantemente cinco mil pessoas. Que cada um tenha comido um total de três libras, isso equivale a quinze mil libras de matéria tirada do nada, e acrescentada à massa comum. São estas, penso, as mais fortes objeções.

Cabe a vós, senhor, resolver por meio de uma sã filosofia, sem contradição e sem verborragia, essas dificuldades filosóficas, e mostrar que a Deus pouco importa que as leis eternas sejam mantidas ou suspensas, que os amorreus pereçam ou se salvem, e que cinco mil homens jejuem ou se saciem. Deus pôde, entre os mundos incontáveis que formou, escolher este planeta, embora um dos menores, para desarranjar suas leis; e, se provarmos que assim fez, triunfaremos sobre a vã filosofia. Vossa teologia e vossa ciência terão ainda menos dificuldades para expor sob uma claridade luminosa a autenticidade de todos os milagres do Antigo e do Novo Testamento.

Evidência dos milagres do Antigo Testamento

Abbadie provando, como fez, os prodígios de Moisés, talvez tenha caído no erro tão comum a todos os autores de sempre supor aquilo que se examina. Os incrédulos investigam se Moisés existiu; se ao menos um dos escritores profanos falou de Moisés antes que os hebreus traduzissem as histórias deles para o grego; se o homem que os hebreus transformaram no seu Moisés não era aquele Misem dos árabes, tão celebrado nos versos órficos e nas antigas orgias da Grécia, antes que as nações tivessem ouvido falar de Moisés. Investigam por que Flávio Josefo, citando autores egípcios que falaram de sua nação, não cita nenhum que tenha dito uma só palavra dos milagres de Moisés. Crêem que os livros que lhe são imputados só puderam ser escritos sob os reis judeus, apoiando-se, embora despropositadamente, em passagens desses mesmos livros.

Abbadie, em vez de sondar todas essas profundezas, argumenta que Moisés nunca poderia ter dito a seiscentos e trinta mil combatentes que o mar se abrira para eles a fim de que pudessem fugir, se esses seiscentos e trinta mil homens não tivessem sido testemunhas disso; o que está precisamente em causa. Os incrédulos não dizem: Moisés enganou seiscentos e trinta mil soldados que creram ver o que não haviam visto; dizem: É impossível que Moisés tivesse seiscentos e trinta mil soldados, o que suporia aproximadamente três milhões de pessoas; e é impossível que setenta hebreus, refugiados no Egito, tenham produzido três milhões de habitantes em duzentos e quinze anos[3].

---

3. Da edição original de 1765, e das reimpressões de 1765 e 1767 consta nessa passagem: *duzentos e cinco anos*; e em nota: *o texto diz quatrocentos anos; mas, calculando, não se encontram mais de duzentos e cinco.* (Nota de Beuchot.)

É pouco provável que, se Moisés tivesse três milhões de seguidores às suas ordens, e Deus à frente, tivesse fugido como um covarde; é pouco provável que, se escreveu, não tenha escrito em pedras; está dito que Josué fez escrever todo o *Deuteronômio*[4] num altar de pedras brutas, revestidas com argamassa: é pouco provável que essa estrutura de pedras tenha sido conservada, quando os judeus se tornaram escravos depois de Josué; pouco provável que Moisés tenha escrito, e mesmo pouco provável que tenha existido; além disso, toda a teogonia dos judeus parece tomada dos fenícios, junto aos quais a horda judaica estabeleceu-se muito tardiamente e em pequeno número.

Cabe a vós, senhor, bem mais do que ao doutor Abbadie, refutar todos esses vãos arrazoados, e mostrar que, se a nação judaica é bem mais recente do que as nações da Fenícia, da Caldéia, do Egito, a raça judia remonta bem mais longe na antiguidade. Ireis de Adão a Abraão, e de Abraão a Moisés. Mostrareis que Deus manifestou-se através de milagres continuados a esta raça querida e rebelde; ensinar-nos-eis por que mecanismos secretos da Providência os judeus, sempre governados pelo próprio Deus, e comandando tantas vezes como senhores toda a natureza, foram entretanto o mais infeliz de todos os povos, e o menor, o mais ignorante, o mais cruel e o mais absurdo; como foi ao mesmo tempo miraculoso pela proteção e pela punição divina, por seu esplendor secreto e por sua brutalidade manifesta. Objetam-nos sua rudeza; mas graças a ela a grandeza de seu Deus resplandesce ainda mais. Objetam-nos que as leis desse povo não falavam da imortalidade da alma; mas Deus, que o governava, punia-o ou recompensava-o nesta vida com feitos miraculosos.

Quem melhor do que vós poderá demonstrar que Deus, tendo escolhido um povo, devia dirigi-lo diferentemente dos

---

4. Js 8, 32.

legisladores comuns, e que por conseguinte tudo devia ser prodígio nas mãos daquele que é o único a poder fazer prodígios? Em seguida, passando de milagre em milagre, chegaríeis ao Novo Testamento.

Dos milagres do Novo Testamento

Os milagres do Novo Testamento devem sem dúvida ser reconhecidos como incontestáveis, já que os únicos livros que falam deles são incontestáveis. Os fatos mais comuns não alcançam crédito se os testemunhos não forem autênticos; com ainda mais razão os fatos prodigiosos são rejeitados. E muitas vezes os rejeitamos apesar das comprovações mais formais; muitas vezes diz-se que uma coisa improvável em si mesma não pode tornar-se provável através de histórias. Os incrédulos pretendem que se deve antes acreditar que os historiadores erraram do que acreditar que a natureza se tenha desmentido. Era mais fácil a um judeu ou a um meiojudeu dizer tolices que aos astros mudar seu curso. Devo antes pensar que os judeus tinham o espírito obtuso que pensar que o céu se tenha aberto. Tal é sua linguagem temerária.

É preciso pois que ao menos os livros que anunciam coisas tão inacreditáveis tenham sido examinados pelos magistrados; que as provas desses prodígios tenham sido depositadas nos arquivos públicos; que os autores desses livros nunca se tenham contradito a respeito da mais insignificante circunstância, sem o que se tornarão legitimamente suspeitos de enganar a respeito das mais graves. Deve-se ter cem vezes mais atenção, escrúpulo, severidade no exame de uma coisa à qual dizem ligada à salvação do gênero humano, que no maior processo criminal. Ora, não há nenhuma acusação em um processo que não seja declarada caluniosa, ou pelo menos falsa, se as testemunhas se contradizem.

Como então, continuam nossos adversários, poderemos crer nesses Evangelhos, que se contradizem continuamente? Mateus[5] faz descender Jesus de Abraão em quarenta e duas gerações, embora em sua relação só se encontrem quarenta e uma; além disso, engana-se fazendo de Josias pai de Jeconias.

Lucas[6] faz descender Jesus do mesmo Abraão em cinqüenta e duas gerações, e elas são absolutamente diferentes das que Mateus relata. Além disso, esta genealogia é a de José, que não é o pai de Jesus. Os incrédulos perguntam em que tribunal se decidiria sobre a situação de um homem com base em tais provas.

Mateus faz Maria, José e Jesus fugirem para o Egito após o aparecimento da nova estrela, a adoração dos magos e o massacre das criancinhas. Lucas não fala nem do massacre, nem dos magos, nem da estrela, e afirma que Jesus permaneceu ininterruptamente na Palestina. Poderia haver, dizem os refratários, maior contradição?

Três evangelistas parecem formalmente opostos a João: Mateus, Marcos e Lucas fazem com que Jesus só viva aproximadamente três meses após seu batismo; e João, após esse mesmo batismo, faz com que ele vá três vezes a Jerusalém para celebrar a páscoa, o que supõe ao menos três anos.

É sabido quantas outras contradições os incrédulos criticam nos autores sagrados; mas não se limitam a estas críticas tão conhecidas. Ainda que, dizem eles, os quatro Evangelhos fossem totalmente uniformes; ainda que os quarenta e seis outros, que foram rejeitados com o tempo, expusessem os mesmos fatos; ainda que todos os autores desses livros tivessem sido testemunhas oculares, nenhum homem sensato deveria, baseado na palavra deles, acreditar em prodígios inconcebíveis, ao menos que esses prodígios, que

....
5. Mt 1.
6. Lc 3.

chocam a razão, tivessem sido juridicamente constatados com a mais autêntica publicidade.

Ora, dizem, esses prodígios não foram constatados, e chocam a razão: pois não lhes parece razoável que Deus se tenha feito judeu e não romano, que tenha nascido de uma mulher virgem; que Deus tenha tido um irmão mais velho, chamado Tiago; que Deus tenha sido levado ao topo de uma montanha pelo diabo, e que Deus, enfim, tenha feito tantos milagres para ser ultrajado, para ser supliciado, para tornar o mundo pior do que era antes, para fazer surgir na terra guerras civis de religião de que nunca antes se ouvira falar; para exterminar a metade do gênero humano, e para submeter a outra a um tirano e a monges.

Dizem que esses milagres, sobre os quais outrora os monges erigiram tantos outros para arrebatar nossa liberdade e nossos bens, não foram escritos senão oitenta anos depois de Jesus, no maior segredo, por homens muito obscuros, que escondiam seus livros dos gentios com o mais religioso escrúpulo, e que só formavam uma seita em função do desprezo que os subtraía do resto dos homens.

Além disso, dizem eles, está comprovado que os primeiros cristãos forjaram mil atos falsos, e até profecias de sibilas, como já dissemos. Se foram, pois, reconhecidos como falsários em tantos pontos, devem ser reconhecidos como falsários nos outros. Ora, os Evangelhos são os únicos monumentos dos milagres de Jesus; estes Evangelhos tanto tempo ignorados se contradizem: portanto, esses milagres são de uma falsidade palpável.

Essas objeções, que não se deve dissimular, pareceram tão especiosas que a elas se respondem até hoje todos os dias. Mas, dizem eles, responder sempre é uma prova de que se respondeu mal: pois, se o inimigo tivesse sido arrasado logo da primeira vez, não se teria que voltar à carga tantas vezes.

Ninguém mais sustenta, hoje, a doação de Constantino ao papa Silvestre, nem a história da papisa Joana, nem tantos outros contos: por quê? porque foram destruídos pela razão, e todo mundo a longo prazo se curva à razão, quando essa é mostrada. Mas, porque a matéria dos milagres ainda não foi esclarecida, ainda hoje discute-se esta questão com o maior encarniçamento.

Expus-vos, senhor, singelamente as objeções dos incrédulos, que me fazem estremecer. Não se deve nem dissimulá-las nem enfraquecê-las, porque com o escudo da fé são repelidas todas as lanças do inferno. Que esses senhores leiam apenas os livros da Igreja dos primeiros tempos, os Tertuliano, os Orígenes, os Ireneu, e ficarão bem surpresos. Cabe a vós, senhor, tomar o lugar de todos esses grandes homens junto a nós.

Ninguém seguramente está mais apto que vós a pôr fim a essas disputas, e a nos livrar de tão grande escândalo; ninguém mostrará melhor quanto os milagres eram necessários, a que ponto são evidentes, ainda que se os combata; por que foram ignorados pelo senado e pelos imperadores, tendo sido tão públicos; por que, quando se tornaram mais conhecidos pelos romanos, foram algumas vezes atribuídos à magia, pela qual a terra inteira estava infectada; por que havia tantos possessos; como os judeus expulsavam os diabos antes de Jesus Cristo; como os cristãos tiveram o mesmo privilégio, que não têm mais. Desenvolvei para nós o que dizem a respeito Tertuliano, Orígenes, Clemente de Alexandria, Ireneu. Abri para nós as fontes nas quais apanhais a verdade; afogai a incredulidade nessas águas salubres, e consolidai a fé trôpega dos fiéis.

Dilacera-me o coração quando vejo homens cheios de ciência, de bom senso e de probidade rejeitar nossos milagres, e dizer que podemos cumprir todos os nossos deveres sem acreditar que Jonas tenha vivido três dias e três noites no ventre de uma baleia quando estava indo por mar a Nínive, que fica em pleno continente. Esta brincadeira de mau gosto não é digna do espírito deles, que aliás deve ser esclarecido. Envergonho-me de contá-la a vós; mas ela me foi repetida ontem em meio a tão grande assistência, que não posso deixar de suplicar que emboteis o gume desses discursos frívolos com a força de vossas razões. Pregai contra a incredulidade como haveis pregado contra o lobo que assola minha cara região de Gévaudan[7], onde nasci: fareis o mesmo sucesso, e todos os nossos cidadãos, burgueses, os que são naturais daqui e os que aqui se estabeleceram, vos abençoarão etc.

....

7. Este animal, após ter aterrorizado a Auvergne e o Gévaudan durante bastante tempo, foi morto, em 20 de setembro de 1765, perto da cidade de Langeac. Levado rapidamente a Versalhes, e apresentado ao rei Luís XV, foi efetivamente reconhecido como um lobo pesando 130 libras, e medindo trinta e duas polegadas de altura. (Cl.)

Terceira carta
Do proponente ao senhor professor de teologia[1]

Senhor,

Rogo-vos vir em meu auxílio contra um grande senhor alemão[2] que tem muito espírito, ciência e virtude, e que desgraçadamente ainda não está persuadido da verdade dos milagres operados por nosso divino Salvador. Perguntava-me ontem por que Jesus teria feito esses milagres na Galiléia. Disse-lhe que fora para estabelecer nossa santa religião em Berlim, na metade da Suíça e entre os holandeses.

"Por que então, disse ele, os holandeses só se tornaram cristãos ao fim de oitocentos anos? por que então não teria ele mesmo ensinado essa religião? Ela consiste em crer no pecado original, e Jesus não faz a menor menção do peca-

---

1. Voltaire cita uma passagem desta carta numa de suas notas sobre os *Discursos do imperador Juliano*.
2. Este grande senhor alemão é chamado de conde de K..., no final da carta XII, na edição de 1765, e de conde de *Hiss-Priest-Craft*, no início da carta XII, nas edições posteriores e na presente. Na carta XX é dito que ele residia na Suábia. Poderíamos, por mais de uma característica, reconhecer no senhor conde de *Hiss-Priest-Craft*, que *assobia, censura as artimanhas e as imposturas sacerdotais*, o próprio senhor conde de Ferney, que se ocultara por vezes sob o nome de *Misopriest*; mas é mais verossímil que o proponente Voltaire tenha pretendido designar indiretamente aqui Frederico II, rei da Prússia, e conde de Neufchâtel, citado com esse último título na primeira página da carta XIV (Cl.) – M. G. Avenel acredita tratar-se do eleitor palatino.

do original; em crer que Deus se fez homem, e Jesus nunca disse que era Deus e homem ao mesmo tempo; em crer que Jesus tivesse duas naturezas, e ele nunca disse ter duas naturezas; em crer que ele nascera de uma virgem, e ele jamais disse que nascera de uma virgem; ao contrário, chama a sua mãe de *mulher*, diz-lhe duramente[3]: 'Mulher, que tenho a ver convosco?'; em crer que Deus nascera de Davi, e acontece que ele não nasceu de Davi; em crer na sua genealogia, e atribuem-lhe duas que se contradizem totalmente.

"Essa religião consiste ainda em certos ritos sobre os quais ele nunca disse uma única palavra. É claro, por vossos Evangelhos, que Jesus nasceu judeu, viveu judeu, morreu judeu; e muito me espanta que não sejais judeu. Ele cumpriu todos os preceitos da lei judaica: por que os reprovais?

"Fazem-no mesmo dizer num Evangelho[4]: 'Não vim destruir a lei, mas cumpri-la.' Ora, seria cumprir a lei mosaica ter horror a todos seus ritos? Não sois circuncisos, comeis carne de porco, de lebre e chouriço: em que passagem do Evangelho Jesus permitiu-vos comê-los? Fazeis e credes em tudo o que não está no Evangelho: como podeis pois dizer que ele é vossa regra? Os apóstolos de Jesus observavam como ele a lei judaica. 'Pedro e João subiram ao templo à nona hora da oração' (*Atos dos apóstolos*, capítulo 16[5]). Paulo foi, muito tempo depois, judaizar no templo durante oito dias, a conselho de Tiago. Ele diz a Festus: Sou fariseu[6]. Nenhum apóstolo disse: 'Renunciai à lei de Moisés.' Por que então os cristãos renunciaram totalmente a ela ao longo dos tempos?"

Respondi-lhe com aquela moderação que assenta bem à verdade, e com a modéstia que convém à minha medio-

....
3. 2 Jo 4.
4. Mt 5, 17.
5. Essa passagem não está no capítulo 16, como diz Voltaire, mas no capítulo 3, versículo 1.
6. At 23, 6.

cridade: "Se Deus nada escreveu, e se nos Evangelhos Deus não ensinou expressamente a religião cristã tal como a observamos hoje, seus apóstolos o fizeram; se não disseram tudo, os Santos Doutores anunciaram o que os apóstolos haviam preparado; enfim, os concílios nos ensinaram o que os apóstolos e os Santos Doutores acreditaram não dever dizer. Foram os concílios, por exemplo, que nos ensinaram a consubstancialidade, as duas naturezas numa só pessoa, e uma só pessoa com duas vontades. Ensinaram-nos que a paternidade não pertence ao Filho, mas que ele tem a virtude produtiva, e que o Espírito não a tem, porque o Espírito Santo procede, e não é engendrado; e muitos outros mistérios ainda, sobre os quais Jesus, os apóstolos, os Santos Doutores haviam mantido silêncio; o dia sempre vem após a aurora.

– Qual aurora qual nada, respondeu-me ele; uma comparação não é um argumento. Estou demasiadamente rodeado de trevas. Bem sei que os objetos principais de vossa fé foram determinados em concílios; mas outros concílios, não menos numerosos, admitiram uma doutrina totalmente contrária. Houve tantos concílios a favor de Arius e de Eusébio quanto a favor de Atanásio.

"Como Deus teria vindo morrer na terra através do maior e mais infame dos suplícios, para não anunciar ele mesmo sua vontade, para deixar esse cuidado a concílios que não se reuniriam senão vários séculos depois, que se contradiriam, que anatematizariam uns aos outros, e que derramariam sangue por meio dos soldados e dos carrascos?

"Como! Deus vem à terra, nasce de uma virgem, aqui reside trinta e três anos, perece do suplício dos escravos para nos ensinar uma nova religião; e não a ensina! não nos transmite nenhum de seus dogmas! não nos prescreve nenhum rito! tudo é feito, tudo é estabelecido, destruído, renovado com o tempo em Nicéia, na Calcedônia, em Éfeso, na Antióquia, em Constantinopla, em meio às intrigas mais tumultuosas e aos ódios mais implacáveis! Não sendo, finalmente, senão de armas na mão que se sustentam o pró e o contra de todos esses dogmas novos!

"Deus, quando estava na Terra, comemorou a Páscoa comendo um cordeiro cozido com alfaces; e a metade da Europa, há mais de oito séculos, acredita estar comemorando a Páscoa comendo o próprio Jesus Cristo em carne e osso. E a disputa acerca desse modo de comemorar a Páscoa fez com que se derramasse mais sangue do que as querelas entre as casas da Áustria e da França, dos Gelfos e dos Gibelinos, da Rosa branca e da Rosa vermelha jamais o fizeram. Se os campos ficaram cobertos de cadáveres durante essas guerras, as cidades eriçaram-se de cadafalsos durante a paz. Parece que os fariseus, assassinando o Deus dos cristãos na cruz, ensinaram seus sequazes a assassinar uns aos outros com o gládio, na forca, na roda, nas chamas. Perseguidos e perseguidores, mártires e carrascos, cada qual a sua vez, igualmente imbecis, igualmente furiosos, matam e morrem por argumentos que nenhuma importância têm para os prelados e para os monges que recolhem os despojos dos mortos e o dinheiro sonante dos vivos."

Vi que esse senhor se estava inflamando; respondi-lhe humildemente o que vos havia submetido em minha segunda carta, que não se deve confundir o abuso com a lei. "Jesus Cristo, disse-lhe, não ordenou nem o assassinato de João Hus, nem o de Ana Dubourg, nem o de Servet, nem o de Jean Calas, nem as guerras civis, nem São Bartolomeu."

Devo dizer-vos, senhor, que ele não ficou nem um pouco satisfeito com essa resposta. "Seria, disse, insultar minha razão e minha desgraça, querer me persuadir que um tigre que houvesse devorado meus parentes não os teria comido senão por abuso, e não pela crueldade intrínseca à sua natureza. Se a religião cristã só houvesse feito perecer um pequeno número de cidadãos, poderíeis imputar esse crime a causas estranhas a ela.

"Mas que sem cessar durante quatorze ou quinze séculos todo ano tenha sido marcado por assassinatos, sem contar a perturbação atroz das famílias, os calabouços, as dragonadas, as perseguições de toda espécie, piores talvez que o próprio assassínio; que esses horrores tenham sempre sido cometidos em nome da religião cristã, que não haja exemplo dessas abominações senão em seu seio: então, quem mais senão ela própria podemos acusar? Todos esses assassinatos de tantas espécies diferentes tiveram unicamente a ela como sujeito e como objeto; ela foi pois sua causa. Se não tivesse existido, esses horrores não teriam maculado a terra. Os dogmas trouxeram as controvérsias, as controvérsias produziram as facções, essas facções deram origem a todos os crimes. E ousais dizer que Deus é o pai de uma religião[7] bárbara cevada com nossos bens e tingida com nosso sangue, quando lhe era tão fácil nos dar uma tão meiga quanto verdadeira, tão indulgente quanto clara, tão benévola quanto demonstrada!"

Não poderíeis crer que entusiasmo de humanidade e de zelo inflamava os discursos desse bom senhor. Ele enterneceu-me, mas não me abalou: disse-lhe que nossas paixões, cujo germe recebemos das mãos da natureza, e que podemos dominar, haviam feito tanto mal quanto o que ele reprovava ao cristianismo. "Ah!, disse ele, com os olhos rasos de lágrimas; nossas paixões não são divinas; mas pretendeis que o cristianismo é divino. Caber-lhe-ia acaso ser mais insano e mais bárbaro que nossas paixões mais funestas?"

Essas palavras me tocaram. "Desgraçadamente!, disse eu, fizemos com que tudo servisse à nossa perdição, até a própria religião! Mas não é culpa de sua moral, que só inspira a doçura e a paciência, que só ensina a sofrer, não a perseguir.

....

7. A palavra *religião* não está presente nem na edição original, nem nas reimpressões de 1765, 1767, 1775 e 1777 in-4º. (Nota de Beuchot.)

– Não, replicou, não é culpa de sua moral, é culpa de seu dogma: é esse dogma que 'divide de fato a mulher e o esposo, o filho e o pai, que traz o gládio e não a paz'[8]; eis a fonte desgraçada de tantos males. Sócrates, Epiteto, o imperador Antônio, ensinaram uma moral pura, contra a qual nenhum mortal nunca se levantou; mas se, não contentes de dizer aos homens: 'Sejais justos e resignados à Providência', tivessem acrescentado: 'Deveis acreditar que Epiteto descende de Antônio, ou que descende de Antônio e de Sócrates; acreditai nisso senão perecereis num cadafalso, e queimareis eternamente no inferno'; se, digo, esses grandes homens tivessem exigido tal crença, teriam colocado armas nas mãos de todos os homens, teriam posto a perder o gênero humano do qual foram os benfeitores."

Por tudo o que me dizia esse senhor seduzido, mas respeitável, vi que sua alma é bela, que detesta a perseguição, que ama os homens, que adora Deus, e que seu único erro é de não acreditar naquilo que Paulo chama a loucura da cruz[9], de não dizer com Agostinho: "Creio porque é absurdo; creio porque é impossível." Lamentava sua obstinação e respeitava seu caráter.

É fácil submeter ao jugo uma alma culpada e trêmula que não raciocina; mas é bem difícil subjugar um homem virtuoso que tem luzes. Tentei domá-lo através de sua própria virtude. "Sois justo, sois caridoso, disse-lhe; os pobres convosco deixam de ser pobres; conciliais as querelas de vossos vizinhos; a inocência oprimida encontra em vós apoio certo: por que não exerceis o bem que fazeis em nome de Jesus que o ordenou?" Eis, senhor, o que ele me respondeu: "Unir-me-ei a Jesus se ele me disser: Amai vosso próximo[10]; pois então ele terá dito o que tenho no coração:

---

8. Mt 10, 34-5.
9. 1 Cor 1, 18.
10. Mt 5, 43; 22, 39; Mc 12, 31.

como eu já o prevenira; mas não posso suportar que um autor atribua unicamente a Jesus um preceito que se encontra em Moisés[11] assim como em Confúcio, e em todos os moralistas da antiguidade. Indigno-me ao ver que fazem Jesus dizer: Trago-vos um novo preceito; dou-vos um mandamento novo[12]: 'que vos amais uns aos outros'. O *Levítico* promulgara esse preceito dois mil anos antes, de maneira bem mais enérgica, se bem que menos natural[13]: 'Amarás ao próximo como a ti mesmo'; e era um dos preceitos dos caldeus. Esse erro grosseiro e imperdoável num autor judeu, faz com que muitos eruditos desconfiem que o *Evangelho* atribuído a João seja de um cristão platônico, que teria escrito no início do segundo século de nossa era, e que conheceria menos o Antigo Testamento que Platão, do qual retirou quase todo primeiro capítulo.

"Apesar dessa fraude, e de tantas outras fraudes, adoto a sã moral em todo lugar em que a encontro: ela traz a marca do próprio Deus, pois é uniforme em todos os tempos e em todos os lugares. Por que tem que ser sustentada por prestígios, e por uma metafísica incompreensível? Serei acaso mais virtuoso se acreditar que o Filho tem o poder de engendrar, e que o Espírito procede sem ter esse poder? Será que esse galimatias teológico é realmente útil para os homens? haverá hoje um espírito sensato que pense que o Deus do universo nos perguntará um dia se o Filho é da mesma natureza do Pai, ou de natureza semelhante? Que têm em comum essas vãs sutilezas com nossos deveres?

"Acaso não é evidente que a virtude vem de Deus, e que os dogmas vêm dos homens que quiseram dominar? Quereis ser pregador, pregai a justiça, e nada mais. Precisamos de pessoas de bem, e não de sofistas. Pagam-vos para

----

11. Lv 19, 18.
12. Jo 13, 34. (Nota de Voltaire)
13. Lv 19,18.34. (Id.)

dizer às crianças: 'Respeitai, amai vossos pais e vossas mães; sede submissos às leis; nunca façais nada contra vossa consciência; fazei feliz vossa mulher; não vos priveis dela por caprichos vãos; educai vossos filhos no amor do justo e do honesto; amai vossa pátria; adorai um Deus eterno e justo; sabei que, sendo justo, ele recompensará a virtude e punirá o crime.' Eis, continuou, o símbolo da razão e da justiça. Instruindo a juventude sobre seus deveres, não sereis, na verdade, condecorados com títulos e ornamentos faustosos; não tereis um luxo desprezível e um poder horripilante; mas tereis a consideração adequada a vosso estado, e sereis olhados como bons cidadãos, o que é a maior das vantagens."

Não vos repito senão uma ligeiríssima parte de tudo o que me disse esse bom senhor; ele adora sinceramente em Deus o pai comum de todos os homens, um pai infinitamente sábio e infinitamente terno que não prefere o caçula ao primogênito, que não priva de seu sol a maior parte de seus filhos para cegar a menor parte deles por excesso de luz; um pai infinitamente justo que só castiga para corrigir, e que recompensa para além de nossa esperança e de nosso mérito. Esse bom senhor coloca, no governo de sua casa, todas essas máximas em prática. Parece imitar o Deus que adora; poderíeis dar tudo o que lhe falta[14].

Fiz tudo que pude, e nada logrei. Perguntei-lhe o que arriscava submetendo sua razão. "Exponho-me a mentir a Deus e a mim mesmo, a dizer: Creio em vós, quando não vos creio, e a ofender o Ser dos seres, que me deu esta razão. Não se trata, no meu caso, de uma ignorância invencível, mas de uma opinião invencível. Acaso credes, acrescentou, que Deus me punirá por não haver concordado convosco? E

....

14. Na edição original não se encontram as três alíneas seguintes, que foram acrescentadas na reimpressão de 1765, não constando, entretanto, na edição de 1775, das *Nouveaux mélanges* (*Novas miscelâneas*). (Nota de Beuchot.)

quem vos disse que ele não vos punirá por não haverdes concordado comigo? Falei de acordo com minha consciência; ousaríeis jurar entre Deus e eu que em todos os momentos falastes de acordo com a vossa? Dissestes acreditar que Jonas passou três dias e três noites no ventre de um peixe, e eu vos digo que não creio nisso.

"Qual de nós dois está mais perto da dúvida? Quem de nós dois, no segredo do coração, falou com mais sinceridade? Quando me apresentar perante Deus após minha morte, apresentar-me-ei com confiança; mas acaso não tremereis nesse momento fatal, vós que, pelo vão prazer de me subjugar, quisestes me fazer acreditar em coisas das quais é impossível que estejais convencido?"

Quis replicar, pois tinha bons argumentos para apresentar; mas ele não quis escutá-los; deixou-me: senti que era por medo de encolerizar-se e de me aborrecer: vi que não queria degradar nem sua razão nem a minha. Fiquei tocado com esta bondade para comigo, e com o esforço que ele fazia contra os movimentos de uma paixão tão comum[15].

....

15. Nas edições de 1765 e 1767, esta terceira parte terminava com a seguinte passagem:

"Fiquei desde esse momento presa de minhas reflexões; temi que ao querer converter esse bom homem, fosse ele que me tivesse convertido. Não podia afastar de meu coração suas últimas palavras; dizia a mim mesmo: poderia o Deus de bondade e de misericórdia exigir de nós, com efeito, mais raciocínios sutis que ações virtuosas? não seria mil vezes melhor, como disse esse bom senhor, socorrer o pobre e defender o oprimido que discutir fatos obscuros ocorridos há dois mil anos? Tenho certeza de que não se pode desagradar a Deus fazendo boas obras; acaso tenho certeza de que se pode agradá-lo com argumentos da escola? Que dizer-vos enfim? Minha alma está transtornada. Comecei rogando-vos apoiar-me contra esse senhor, que me inspira veneração, e termino conjurando-vos a socorrer-me contra mim mesmo."

Numa edição de 1767 que contém apenas dezesseis cartas, não constam as três alíneas acrescentadas na impressão de 1765, assim como a alínea transcrita nesta nota; mas a pequena e incompleta edição de 1767 contém as três alíneas que finalizam a carta, e que constam da edição original. (Nota de Beuchot.)

Ele tem que acreditar que Deus nasceu numa pequena província da Judéia; que transformou água em vinho; que se transfigurou no Tabor; que foi tentado pelo diabo; que enviou uma legião de diabos numa vara de porcos; que a jumenta de Balaão falou, assim como a serpente; que o sol deteve-se ao meio-dia sobre Gabaon, e a lua sobre Ajalon, para dar tempo aos bons judeus de massacrar uma ou duas dúzias de pobres inocentes que uma chuva de pedregulhos já atacara; que no Egito, onde não havia cavalaria, o faraó, cujo nome não é dito, tenha perseguido três milhões de hebreus com numerosa cavalaria, depois de o anjo do senhor haver matado todos os animais, etc., etc., etc., etc., etc. Sua razão submissa tem que ter uma fé viva em todos esses mistérios; sem isso, de que lhe serviria a virtude?

Sei, senhor, que esta enumeração dos milagres nos quais devemos crer pode espantar algumas almas piedosas e parecer ridícula aos incrédulos; mas não temo arrolá-los, pois são eles que mais forçam nossa fé. Assim que acreditamos que certo milagre é menos revoltante, devemos em seguida acreditar em todos os outros, quando é o mesmo livro que os está garantindo.

Tende a bondade, senhor, de dizer-me se não estou indo longe demais. Há pessoas que distinguem os milagres nos quais cremos, daqueles que negamos e daqueles de que duvidamos. Quanto a mim, admito-os todos, assim como vós mesmo. Creio sobretudo como vós no milagre eterno da consubstancialidade, não apenas porque é contrário à minha razão, mas porque não posso concebê-lo de forma alguma; e ouso dizer que admitiria (Deus me perdoe!) o milagre da transubstanciação se o santo concílio de Nicéia e o moderado santo Atanásio o houvessem ensinado.

Tenho a honra de ser etc.

Observação[16]

Tendo o senhor proponente escrito essas três cartas ao senhor professor R..., seu amigo, esse professor, profundamente tocado pela candura e sinceridade do proponente, confiou as cartas a algumas pessoas devotas, sábias e tolerantes: elas chegaram até o senhor Needham, jesuíta irlandês, que então se encontrava em Genebra, servindo de preceptor a um jovem irlandês. Needham providenciou a impressão das três cartas, para ter o mérito de respondê-las: não sabíamos naquele momento que a resposta era de seu punho. Contaremos mais adiante nesta coletânea em que ocasião o senhor Théro falou de enguias com o jesuíta Needham, e que figura ilustre o senhor Covelle fez nessa douta disputa. Basta neste momento saber que Needham deu absolutamente incógnito a resposta que se vai ler, se se puder.

Trechos selecionados da resposta de Needham
Ao senhor proponente[17]

Antes de nos lançarmos numa discussão que exige certo grau de ciência, devemos começar por adquirir os conhecimentos necessários[18]. Se um filósofo me objeta que os milagres não são verossímeis, porque, segundo ele, o universo governa-se como uma máquina, sem causa primeira[19], respondo que o verossímil nem sempre

....

16. Esta observação é de Voltaire. Restabeleço-a tal como se encontra na *Coletânea* de 1765, em que apareceu pela primeira vez, e na edição de 1767. (Nota de Beuchot.)

17. Ver, na Nota de Beuchot, o título desta *Resposta*, da qual apresentamos aqui apenas alguns trechos selecionados.

18. Adquiri-os pois. (Nota de Voltaire.)

19. Jesuíta caluniador, nunca afirmamos nada disso; dissemos exatamente o contrário: que "Deus governa o universo, sua obra, com suas leis eternas". Por que tens a impudência de acusar de negar uma causa primeira aqueles que

é verdadeiro, nem o verdadeiro sempre verossímil. Segundo vós, a moral, que é bem pouca coisa[20], deve ser submetida à física... A moral evangélica produziu uma série de homens virtuosos, em todos os séculos, que não valiam menos que o senhor proponente das outras questões...[21] O prolongamento de um dia não exige mais do que a simples suspensão da rotação da terra em torno de seu eixo...[22] Para que o senhor proponente possa se propor como digno de assistir ao conselho do Altíssimo, ser-lhe-ia conveniente tomar antes algumas lições de astronomia...[23] É como se disséssemos não valer a pena existir uma legislação na França, para que duzentos coletores de impostos enriqueçam às expensas do povo...[24] Os papas bem valem os Tibério e os Nero...[25] Estou argumentando aqui *ad hominem*... "Respondei, diz Salomão, a um insensato de acordo com sua insensatez..."[26] Nossos filósofos chegaram desgraçadamente com cem anos de atraso, ou para reprimir o poder exorbitante dos papas, ou para declamar precipuamente contra a intolerância dos eclesiásticos...[27]

....

só fazem falar de uma causa primeira? Devias saber que esta arma enferrujada, da qual teus pares se serviram tantas vezes, é hoje tão horripilante quanto inútil. (Id.)

20. Jesuíta caluniador, como ousas ser tão debochado a ponto de dizer por ti mesmo que a moral é pouca coisa, ou imputar covardemente esse crime a teu adversário, que só faz pregar a moral? (Id.)

21. E que bem valiam um jesuíta. (Id.)

22. Pode-se ver pelas cartas seguintes a que ponto chega a ignorância desse jesuíta Needham, que esquece que a lua parou sobre Ajalon. (Id.)

23. Aprenda-a pois, mestre Needham, e saiba que, para que o sol e a lua interrompam seu curso, é preciso que não respondam mais às mesmas estrelas; qualquer estudante de dois dias poderia ensinar-te isso. (Id.)

24. Que coisa piedosa comparar as leis eternas, emanadas da Divindade, com os regulamentos estabelecidos pelos homens! Comparar com a sétima carta do senhor proponente Théro. (Id.)

25. Com toda certeza. (Id.)

26. Creia-me, meu pobre Needham, para raciocinar de maneira extravagante não precisas te esforçar; abandona-te à tua inclinação natural. (Nota do senhor Covelle.) (Id.)

27. Não, Needham, nunca se chegará muito cedo ou muito tarde para se reprimir usurpações que ainda subsistem, e para deplorar desastres cuja memória nunca perecerá. Todos os séculos devem se levantar em juízo contra os séculos tenebrosos que assistiram ao massacre dos albigenses, aos de Mérindol,

Os insensatos voltam incessantemente à quadratura do círculo...[28] Se os assim chamados filósofos houvessem conseguido com suas objeções esmagar perfeitamente a religião, e reduzi-la no espírito de todos os homens sensatos à condição da fábula de Maomé...[29] Em vez de nos perseguir com suas dúvidas minuciosas, e de se agarrar às palavras e às sílabas, escrutando a *Bíblia*, eles nos desprezariam demais para se dar tanto trabalho...[30] A religião sempre se mantém apesar da tempestade. "Merses profundo[31], pulchrior evenit. Per damna, per caedes, ab ipso ducit opes animunque ferro..."[32] Aquele que responde (ao proponente), através desse pequeno impresso, está habilitado por suas pesquisas a intentar um processo de falsidade contra a pretensa invencibilidade de suas objeções...[33] Não posso perdoar à sua simplicidade nem à desta as-

....

aos de são Bartolomeu, aos da Irlanda e de Cévennes; porque, enquanto houver teólogos no mundo, esses tempos terríveis podem ressurgir; porque a Inquisição subsiste, porque os convulsionários abalaram recentemente a França, porque as confissões de dívida provocaram sob nossos olhos um parricídio. Fica sabendo que os sábios devem em todos os tempos reprimir teus pares.

28. Pobre Needham, não se responde atualmente àqueles que encontram a quadratura do círculo, mais do que àqueles que transformam farinha em enguias. (Nota do senhor Euler.) (Nota de Voltaire.)

29. Que quer dizer esse escrevinhador? Estaria chamando de fábula a história de Maomé? Estaria insinuando que o *Corão* é uma coletânea de historietas? O *Corão* é, de fato, um amontoado de sentenças morais, de preceitos, de exortações, de preces, de vestígios do Antigo Testamento relatados segundo a tradição árabe. É composto sem ordem, sem ligação; há nele muito fanatismo; está cheio de erros físicos; mas não é de modo algum o que chamamos de fábula. (Nota do senhor Beaudinet.) (Id.)

30. Não, jesuíta Needham, não me voltarei contra um bonzo do Japão que não me irá perseguir. Voltar-me-ei contra um bonzo da Europa que suscitará perseguições, e desprezarei um jesuíta da Irlanda. (Nota do senhor Boudry.) (Id.)

31. Eis o texto de Horácio, livro IV, ode V, versos 59, 60, 65:

Per damna, per caedes ab ipso
Duxit opesque animunque ferro.
....
Merses profundo, pulchrior evenit.

32. Coragem, Needham! prova a religião por Horácio. (Nota de Voltaire.)
33. Estás altamente qualificado. (Id.)

sembléia (em que o espírito, do qual ele nos dá tão bela mostra, volteava livremente às expensas de nossos pobres crentes) que ignorassem todos que Jonas não ia então por *mar a Nínive*, mas que ao contrário embarcara propositalmente num porto do mar para fugir e se afastar cada vez mais dessa cidade mediterrânea...[34] E apesar de parecer que estamos próximos desse tempo infeliz...[35] Que Deus vos proteja, caros leitores, a vós e à vossa posteridade, da besta feroz do Gévaudan...[36] Os incrédulos são comumente chamados de *espíritos fortes*...[37] Esses senhores consideram tudo favas contadas, e acreditam em tudo, exceto na *Bíblia*...[38] Essa última espécie de incrédulo, que zomba do povo nessa seita, não merece o pomposo título de espírito forte: pois é fácil repelir uma fábula manifesta, tal como o *Corão* de Maomé; e ninguém pode arrogar-se o caráter de audaz e corajoso nesse gênero sem arriscar a própria alma. Ora, para concluir tudo em poucas palavras (e é justamente aqui que eu queria chegar por uma espécie de método socrático), uma fábula muito complicada, que é o produto de um tempo imenso, que depende, em razão de uma ligação necessária em seus princípios, de uma seqüência de seis mil anos, e de mais de duzentas gerações; que foi a fábula universalmente aceita por tantas diferentes nações[39], em tantos climas, em tantos

....

34. É próprio das pessoas que não têm razão não entender as zombarias. (Nota do senhor Claparède.) (Id.)

35. Assim pois o jesuíta Needham acredita que o mundo está acabando; está acabando de fato para os jesuítas. (Nota do senhor Covelle.) (Id.)

36. Não estás bem informado, meu amigo; nosso professor Clap havia pregado sobre a besta do Gévaudan, e foi por esta razão que o senhor proponente agradeceu-o em sua segunda carta. Tomas sempre gato por lebre. (Nota do senhor Deluc, pai.) (Id.)

37. E dos espíritos fracos, e dos espíritos falsos, e dos espíritos obtusos, que dizer? (Nota do senhor capitão.) (Id.)

38. Ah não! meu amigo; nunca acreditamos em tuas experiências. (Nota de um professor de física.) (Id.)

39. Não sabes o que dizes, meu amigo; creio nos milagres de Jesus Cristo mais que tu; e, se és um teólogo irlandês, sou um teólogo suíço. Sustentas uma boa causa que ninguém te contesta, mas com péssimos argumentos. Como não vês que se poderia dizer a mesma coisa do maometismo? ele remonta a seis mil anos, como o judaísmo; é abraçado por nações que diferem

séculos, por tantos gênios diferentes, pelas primeiras classes em todas as categorias, e por tantos temperamentos;... uma fábula... enfim que é sustentada por tantas provas que, vindas de todos os lados, chegam sem se cruzar ao mesmo ponto, por tantas marcas de verdade, cuja clareza aumenta à medida que a reflexão se multiplica, fortes o bastante para enredar o deísta erudito numa dúvida eterna, é uma fábula única, uma fábula de uma espécie inconcebível, que nunca existiu alhures desde a criação do mundo, e que não existirá jamais em toda a seqüência dos séculos, se o mundo durasse eternamente[40].

Observação[41]

O senhor Needham não tendo ousado se identificar respondendo às três primeiras cartas do senhor proponente Théro, este, crendo simplesmente tratar-se da resposta de um doutor em teologia, dirigiu-lhe a seguinte carta:

....

em costumes e gênio, por africanos, persas, indianos, tártaros, sírios, trácios, gregos. Apóia-se em profecias e talvez haja Needhams na Turquia. (Nota do senhor Théro.) (Nota de Voltaire.)

40. Transcrevemos esta longa passagem para dar ao leitor uma idéia da eloqüência do jesuíta. Mantivemos, do resto, apenas o necessário para entender as notas. (K.)

41. Esta *Observação*, de Voltaire, é de 1765.

Quarta carta

Do proponente ao senhor professor; e agradecimentos por sua extrema amabilidade

Como sou-vos grato, senhor, por ter-vos dignado ceder-me algumas de vossas armas para combater o numeroso exército dos incrédulos! É Aquiles que cede a armadura a Pátroclo; mas disseram-me que, Pátroclo tendo sido vencido, também eu deveria temer sê-lo.

Repeti desgraçadamente vossa lição diante de um jovem estudante de física e de astronomia; fiz com que notasse em primeiro lugar a bondade, a eloqüência, a polidez, o tato que empregastes para me instruir; expus-lhe vossa demonstração de como o sol e a lua detiveram-se em pleno meio-dia para dar tempo a Josué de massacrar aqueles amorreus esmagados por uma chuva de pedras. Eis o que lhe disse: "O senhor professor pretende que basta, para essa operação natural, que a terra tenha interrompido por oito a nove horas a rotação sobre seu eixo, e que nisso consiste todo o mistério."

O estudante, senhor, que ainda não adquiriu toda vossa educação, foi entretanto suficientemente polido para me dizer que não era possível que um homem como vós tivesse dito uma tal besteira, e que dominais bem demais as Sagradas Escrituras e a astronomia para falar com essa excessiva ignorância. Os livros sagrados afirmam positivamente que o sol deteve-se sobre Gabaon, e a lua sobre Ajalon na hora do meio-dia. Ora, a lua não podia suspender seu curso, que se perfaz em um mês em torno da terra, sem que a terra suspendesse sua marcha anual, pois o sol é substituído pela Terra nos livros sagrados, e o autor inspirado não sabia que é a Terra que gira.

Ora, se a Terra e a lua detiveram-se, esta em sua revolução mensal sobre Ajalon, aquela em sua revolução anual sobre Gabaon, é absolutamente necessário que os pontos correspondentes de todos os planetas tenham mudado durante todo esse tempo. Mas, como ao final de oito ou nove horas eles continuaram os mesmos, segue-se necessariamente que todos os planetas suspenderam suas trajetórias: o que pode ser rigorosamente demonstrado[1].

Mas é um belo ganho[2] para o senhor professor: pois o milagre é bem mais bonito do que ele cria, e há quatro milagres em vez de um. Não apenas a Terra e a lua detiveram-se em seus ciclos menstrual e anual, mas também em sua rotação diária: o que constitui dois milagres; e não apenas elas perderam durante oito ou nove horas seu movimento duplo, como todos os planetas perderam os deles, terceiro milagre; e o movimento de projétil e de gravitação foi suspenso em toda a natureza, quarto milagre.

Falei-lhe em seguida, senhor, do cometa que supondes haver guiado os três magos a Belém. Disse-me que vos denunciaria ao consistório por haver chamado de *cometa* o que os livros sagrados chamam de *estrela*, e que não é leal falsificar assim as Sagradas Escrituras.

Comuniquei-lhe vossa bela explicação do milagre dos cinco mil pães e dos três mil peixes que alimentaram cinco

....

1. A maioria dos comentadores pretende que o sol e a lua detiveram-se um dia inteiro. (Nota de Voltaire.)
2. Esse texto corresponde ao da edição original, ao da de 1775, e ao da de Kehl. Nas reimpressões de 1765 e 1767, lê-se:
"O pretenso teólogo faz pois, em vão, tudo o que pode para enfraquecer o milagre: este é bem maior do que ele cria, etc." (Nota de Beuchot.)

judeus. Perdão, eu queria dizer dos cinco pães e dos três peixes que alimentaram cinco mil judeus. Dizeis que Deus transformou as pedras dos arredores em pães e peixes. Mas acaso credes nisso? esqueceis que era exatamente o que propunha o diabo quando disse a Jesus[3]: Dizei a estas pedras que se transformem em pães?

Perguntou-me em seguida se não faláveis do grande milagre por meio do qual o velho Herodes, já doente da doença da qual morreu, mandara degolar todos os bebês do país: pois sem dúvida era coisa muito miraculosa que um velho moribundo, tornado rei pelos romanos, imaginasse que havia nascido um outro rei dos judeus, e mandasse massacrar todos os meninos pequenos para incluir o rei recém-nascido na carnificina. Perguntou-me como explicáveis o silêncio de Flávio Josefo sobre esse são Bartolomeu.

Disse que não vos ocupáveis dessas bagatelas, mas que me havíeis dito coisas maravilhosas sobre Jonas.

"O que, por exemplo? disse ele, acaso pretenderia que foi Jonas que engoliu a baleia?

– Não, respondi; contentou-se em tomar a sério uma zombaria, afirmando entretanto que o velho Jonas escolhera o caminho mais longo para ir a Nínive.

– Também ele é um grande zombador, replicou o estudante; deveria examinar, com os comentadores mais judiciosos, se Jonas foi engolido por uma baleia, ou por um cão-do-mar; quanto a mim, opto pelo cão-do-mar, e penso além disso, com o grande santo Hilário, que Jonas foi devorado até os ossos, e que ressuscitou três dias depois como suposto. Os milagres são sempre maiores do que o senhor professor crê; mas rogo-vos consultá-lo sobre uma outra pequena dificuldade.

"Jonas profetizou na época do reizete judeu Joas, em torno do ano 850 antes de nossa era vulgar. Ful, segundo Dio-

---
3. Mt 4, 3; Lc 4, 3.

doro de Sicília, fundou Nínive naquela época. O divino historiador que escreveu a história verídica de Jonas[4] afirma que havia naquela cidade cento e vinte mil crianças que não sabiam distinguir a mão direita da esquerda[5]: o que dá, segundo os cálculos de Breslau, de Amsterdam, de Londres, e de Paris, quatro milhões e oitenta mil almas, sem contar os eunucos; eis uma cidade nova honestamente povoada.

"Perguntai também ao senhor professor se era uma abóbora ou uma hera a planta à qual Deus[6] enviou um verme para que secasse, a fim de retirar a sombra de Jonas que dormia. De fato, nada se parece mais com uma hera do que uma abóbora, e uma e outra proporcionam a sombra mais cerrada."

Acaso ele não acha muito estranho que Deus envie um verme para impedir um pobre diabo de profeta de dormir na sombra! Garantem-me que esse teólogo disse que se deveria colocar esse verme junto com a baleia: esse homem é um gozador.

Essa pequena conversa aconteceu no Molard: juntou gente, a conversa ficou animada a ponto de todos se porem a rir de um lado a outro da cidade; apenas o senhor professor não riu.

Quando todos já tinham rido bastante, o velho capitão Durôst[7], que conheceis, rasgou o verbo; sabeis que nunca conheceu outros padres além do capelão de seu regimento. Disse-me: "Por Deus! senhor proponente, dizei ao se-

....

4 . Jn 4, 11.

5. Multiplique-se por trinta e quatro as crianças nascidas por ano, pois apenas elas não sabem distinguir a mão direita da esquerda. Some-se a isso que um terço dessas crianças morre antes do final do ano, o que dá um terço a menos de habitantes. (Nota de Voltaire.)

6. Jn 4, 7.

7. Esse personagem, que sem dúvida existiu, também figura numa nota da carta 6, e na *Carta curiosa de Robert Covelle*.

nhor professor... (dispensai-me de repetir os termos indecentes que usou). Essas boas almas quiseram, tempos atrás, fazer com que meu amigo Covelle se ajoelhasse; se tivessem ousado fazer esse ultraje a nossa liberdade e a nossas leis... eu... dizeis-lhes, por favor, que não estamos mais na época de Jean Chauvin*, picardo que tinha a impertinência de preceder nas cerimônias o magnífico conselho... Os tempos mudaram um pouco; sabeis que um predicante de aldeia[8], que quis excomungar o senhor Rousseau, foi repreendido por um rei herói e filósofo[9]. Sabeis que todos os espíritos exercem-se atualmente à prussiana, e que não resta aos teólogos outro recurso senão o de serem afáveis e modestos."

Desobrigo-me, senhor, junto a vós do mandado do senhor capitão.

Tenho a honra de ser mediocremente, senhor,

Vosso devoto.

Observação[10]

Soubemos há pouco que o senhor Needham era o autor da pretensa resposta de um teólogo: soubemos que não era nem mesmo teólogo, e que não passava de um jesuíta; que era um desses padres irlandeses disfarçados que correm o mundo, e que vão secretamente pregar o papismo na Inglaterra; mas o que espantou ainda mais foi que esse padre disfarçado era o mesmo que, alguns anos atrás, se meteu a fazer experiências sobre os insetos, e que acreditou ter descoberto, com seu microscópio, que a farinha de

---

* Calvino. (N. da T.)

8. Montmolin, ministro dos cultos em Motiers-Travers, citado várias vezes na 14ª carta.

9. Frederico II, rei da Prússia e soberano de Neufchâtel.

10. Esta *Observação*, de Voltaire, é de 1765. (Nota de Beuchot.)

trigo com morrão, amassada com água, se transformava incontinente em pequenos animais semelhantes a enguias[11]. O fato era falso, como um cientista italiano[12] demonstrou, e era falso por uma outra razão muito superior, que o fato é impossível. Se animais nascessem sem germe, não haveria mais causa de geração: um homem poderia nascer de um amontoado de terra assim como uma enguia de um pedaço de massa. Esse sistema ridículo levaria, aliás, visivelmente ao ateísmo. Adveio de fato que alguns filósofos, crendo na experiência de Needham sem a terem visto, pretenderam que a matéria poderia se organizar por si mesma; e o microscópio de Needham passou a ser considerado o laboratório dos ateus.

É a essa transformação de farinha em enguias que fazemos alusão em muitas das cartas seguintes.

----

11. Ver a *História das enguias*, seção IV do artigo DEUS do *Dicionário filosófico*; e o capítulo XX das *Singularidades da natureza*.
12. Lazare Spallanzani, morto em 1799.

Quinta carta

Do proponente ao senhor Needham, jesuíta

Senhor,

Francamente cometestes grande erro disfarçando-vos sob o nome de um teólogo, e também não acertastes bancando o astrônomo. Pode-se ver que vos servis do quadrante como do microscópio. Construístes uma pequena reputação entre os ateus por haverdes feito enguias com farinha, disso concluindo que, se farinha produz enguias, todos os animais, a começar pelo homem, poderiam ter nascido mais ou menos da mesma maneira. A única dificuldade que restava era a de saber como poderia existir farinha antes que existissem homens[1].

Acreditastes que vossas enguias eram como os ratos do Egito, que no princípio eram metade rato metade lodo, como alguns homens que se põem a escrever e injuriar o próximo.

De ateu que éreis, tornaste-vos testemunha de milagres. Aparentemente quisestes fazer penitência; mas é visível, senhor, que não sois tão bom cristão, e que não aprendestes mais religião que polidez.

Um pobre proponente humildemente faz perguntas a um grave professor, e vós vos pondes de través como o ad-

----
1. É preciso que se saiba que o jesuíta Needham acreditou piamente haver feito enguias com pasta de farinha de trigo. (Nota de Voltaire.)

vogado Breniquet, que sempre respondia ao que não lhe perguntavam: "Que estais discutindo?" Estava eu pedindo novas instruções ao meu mestre para fortalecer os fiéis na crença dos milagres, e vindes abalar sua fé com os maiores absurdos que jamais se disse.

Alguns pretendem entretanto que sois inglês; ah, senhor! sois inglês como Arlequim é italiano: ele não é menos desastrado. Acaso lembrai-vos daquele grego que viajava pela Cítia e do qual todos zombavam: "Senhores citas, disse ele, deveis respeitar-me: sou da terra de Platão." Um cita respondeu-lhe: "Fala como Platão, se queres que te escutem." Perdôo-vos serdes um ignorante, mas não vos perdôo serdes um homem extremamente grosseiro, que tem a insolência de imiscuir-se nessa querela e citar pessoas que certamente não esperavam por isso; acreditastes talvez que vossa obscuridade vos protegeria; mas, creia-me, o desprezo com o qual contastes não vos dá grande segurança.

Sexta carta
Que não é de um proponente[1]

Nosso antigo concidadão[2] tendo escrito sobre os milagres, um jovem proponente pediu instruções a um professor de verve risonha[3]. O senhor Needham, que não é assim tão espirituoso, acreditou-se seriamente implicado no assunto. Imaginou que se estava falando dele sob o nome de Jesus Cristo. A esse senhor Needham não falta amor próprio, como podeis ver; ele é como aquele histrião que, representando perante Augusto, considerava seus os aplausos que prodigavam ao imperador.

Se dizemos que Jesus Cristo transformou água em vinho, imediatamente o senhor Needham pensa na farinha que transformou em enguias, e pensa que se deve prepará-las com o vinho das núpcias de Caná. *Istius farinae homines sunt admodum gloriosi*, como diz são Jerônimo.

---

1. Acredita-se que seja do senhor capitão Durôst. (Nota de Voltaire.)
2. Jean-Jacques Rousseau, que, após ter abdicado perpetuamente de seu direito de cidadania na cidade de Genebra, em 1763, havia publicado, no ano seguinte, suas *Cartas escritas da montanha*, sendo que a 2ª e a 3ª tratam particularmente dos milagres.
3. Esse professor, de verve risonha, não é ninguém menos que o senhor Claparède, ao qual as três primeiras cartas foram realmente dirigidas, e que, sendo homem de espírito, entendeu perfeitamente a zombaria, e não se preocupou em responder às questões do malicioso proponente. (Cl.)

O senhor Needham grita, como uma enguia que se estivesse esfolando, contra um pobre proponente de nossa cidade, que nem sabia da existência desse senhor Needham. Talvez seja desagradável para um homem como ele, que fez milagres, ver que se escreve sobre essa matéria sem citá-lo.

É, segundo ele, como se, falando dos grandes capitães, esquecêssemos o rei da Prússia. Aconselho pois ao senhor professor e ao senhor proponente de serem mais justos relativamente ao senhor Needham, e de falarem sempre de suas enguias quando citarem os milagres do Velho e do Novo Testamento, e os de Gregório Taumaturgo.

O senhor Needham é certamente um homem prodigioso; ninguém mais próprio do que ele para fazer milagres, pois assemelha-se aos apóstolos antes que recebessem o Espírito Santo. Deus sempre opera as grandes coisas pelas mãos dos pequenos, e principalmente dos ignorantes, para melhor fazer resplandecer sua sabedoria.

Se o senhor Needham não sabe que viram a lua deter-se sobre Ajalon em pleno meio-dia, quando o sol deteve-se sobre Gabaon, e se diz tolices, isso só o torna mais admirável. Vê-se que argumenta exatamente como um homem inspirado. Deus sempre se adequou ao gênio daqueles que faz falar. Amos, que era boieiro, expressa-se como boieiro; Mateus[4], que fora ajudante de aduana, compara muitas vezes o reino dos céus com uma boa soma de dinheiro posta a usura; e, quando o senhor Needham, pobre de espírito, abandona-se aos impulsos de seu gênio, diz pobres banalidades. Tudo está em ordem.

Temo que o senhor Needham ultraje o Espírito Santo, e traia sua vocação, quando consulta nossos mestres em Israel a respeito do que deve dizer ao proponente: é desconfiar da própria inspiração divina pedir conselhos a homens;

---

4. Mt 25, 27.

ele pode responder que é por humildade, e que Moisés perguntava o caminho para os filhos de Jetro[5], embora guiado por uma nuvem e pela coluna de fogo. O senhor Needham não tem decerto a coluna de fogo, mas tem sem dúvida a nuvem: aliás, a quem perguntar o caminho quando se viaja por espaços imaginários?

Que se atenha às enguias, já que é seu companheiro no rastejar, se não o é no tremer. E que acima de tudo o desejo de se transformar em serpente não o tome mais; que não pense ter o direito de assobiar porque assobiam-lhe, e de morder o calcanhar daqueles que podem esmagar-lhe a cabeça. Que, enfim, deixe a lua deter-se sobre Ajalon, e que não se ponha mais a uivar para a lua.

---

5. Nm 10, 31.

Sétima carta
Do senhor Covelle

Quando vi a guerra declarada a respeito dos milagres, quis me meter na coisa, e tenho mais direito que ninguém, pois eu mesmo fiz um grandissíssimo milagre: é por certo milagroso escapar das mãos de certas pessoas, e abolir um uso impertinente estabelecido há dois séculos[1].

Sempre achei que os abusos, quaisquer que sejam, não devem gozar do direito de prescrição. Uma tirania de um dia e uma tirania de dois mil anos devem ser igualmente destruídas no seio de um povo livre.

Imbuído destas idéias patrióticas, quis pois inteirar-me do que se estava discutindo em minha cidade; soube que um irlandês papista e padre ousava querer que falassem dele:

Gens ratione furens et mentem pasta chimaeris.

Não dei inicialmente grande atenção ao caso; mas, quando soube que esse papista tomara o partido das núpcias de Caná, concordei integralmente com ele: esse milagre agrada-me sobremaneira; gostaríamos, o irlandês e eu, que acontecesse todos os dias.

Com relação ao diabo que entrou no corpo de dois mil porcos[2], e que os afogou num lago, isso ultrapassa os limites

....
1. Consultar as cartas seguintes. (Nota de Voltaire.)
2. Mt 8, 32; Mc 5, 13.

da zombaria, principalmente se estivessem cevados. Um belo porco gordo vale aproximadamente dez escudos patagões[3]: o que equivalia a vinte mil escudos de perda para o mercador.

Caso acontecessem hoje menos de cem milagres desse gosto, nossos mercados não teriam outra coisa a fazer senão fechar suas lojas. Esse maldito papista irlandês é bem capaz de nos arruinar. Os milagres nada custam aos que nada têm a perder. Esse homem nos faria devorar pelas trutas do lago Leman, como Jonas, se fosse tão poderoso em obras quanto débil se mostra em discurso.

Desconfiemos, caros concidadãos, de um papista irlandês; sei que ele já está fazendo milagres altamente perigosos. Imitou o da transfiguração, pois sendo irlandês disfarçou-se de genebrino; sendo padre, disfarçou-se de homem; sendo absurdo, quis que o tomassem por um raciocinador: tive a curiosidade de vê-lo, e confesso que quando lhe falei acreditei na conversa que Balaão teve outrora com sua montaria. Na minha opinião deveríamos mandá-lo de volta ao buraco de São Patrício[4], de onde nunca deveria ter saído. Ele vem até aqui injuriar um proponente meu parente. Não tolerarei essa insolência; ele terá que se ver com o senhor capitão e comigo. Esse homem vil fez tudo que pôde para impedir que meu primo proponente fosse aceito na venerável companhia, e foi o culpado, com sua transfiguração, por eu ter-me encolerizado contra um professor ortodoxo que gosta da consubstancialidade quase tanto quanto eu. Por vezes basta um cavilador para pôr em desacordo

----

3. Os espanhóis chamam de *patacão* ou *pataca* uma moeda de prata pesando uma onça; e foi de *patacão* que cunhamos *patagão*, que equivalia a aproximadamente três de nossas libras tornesas. Além disso, Voltaire só emprega esta palavra por alusão zombeteira ao patagão ao qual Needham dá voz na paródia que se pode ler sintetizada um pouco mais abaixo. (Cl.)

4. O buraco de São Patrício é muito famoso na Irlanda; é por ele que esses senhores dizem que se desce ao inferno. (Nota de Voltaire.)

dois homens de mérito e dois bravos cristãos tais como o senhor professor e eu temos a honra de sê-lo.

No final das contas, se meu primo proponente foi recusado pela venerável companhia, esse grande senhor alemão que ele tentou converter ofereceu-lhe um lugar como deísta em sua casa, com trezentos escudos de renda. Nosso irlandês, com suas enguias e brochuras, talvez não ganhe mais que isso. Que ele seja padre, ou ateu, ou deísta, ou papista, que transfigure ou não farinha em enguias, ou enguias em farinha, pouco me importa; mas, por Deus!, vou ensiná-lo a ser educado.

Oitava carta
Escrita pelo proponente

Ceamos ontem juntos, o senhor capitão Durôst, o senhor Covelle, o senhor pastor Perdrau e eu; a conversação continuou a girar em torno dos milagres entre esses homens doutos. "Pelo amor de Servet![1], disse o capitão um pouco inflamado, só um tolo poderia acreditar em certos milagres, e só um velhaco poderia querer fazer com que se acreditasse neles." O senhor Covelle considerou esse discurso uma demonstração, e o senhor pastor Perdrau, que é extremamente meigo, insinuou modestamente ao capitão que acreditava em milagres: "Contudo, senhor, respondeu-lhe o capitão, considero-vos um homem muito respeitável; mas dizei-me, rogo-vos, o que entendeis por milagre.

– É muito simples, disse o pastor; é o desarranjo das leis de toda a natureza em favor de algumas pessoas de mérito que Deus quis distinguir. Por exemplo, Josué, homem justo e muito clemente, ouve dizer que há uma cidadezinha chamada Jericó, e imediatamente forma o projeto louvável de

....
1. Michel de Servet, médico e teólogo espanhol, publicou em 1533 a obra *Christianismi restitutio*, na qual pretendia voltar à fé cristã primitiva para além das invenções metafísicas. Atacava Calvino que o acusou, por um intermediário, à Inquisição de Viena. Servet fugiu mas foi preso em Genebra e Calvino acusou-o perante o Grande Conselho que o condenou à fogueira, sentença executada em 28 de outubro de 1553. (N. da T.)

destruí-la de fio a pavio, e de matar tudo, até as crianças de peito, para a edificação do próximo. Havia um pequeno riacho a ser transposto para se chegar àquele magnífico burgo; o riacho só tinha quarenta pés de largura, possuindo vaus em cem lugares; nada teria sido tão fácil e tão corriqueiro quanto atravessá-lo: a água mal alcançaria a cintura; ou se alguém não se quisesse molhar, bastariam algumas pranchas de pinheiro.

"Mas para agraciar Josué, para evitar que se molhasse, e para encorajar seu querido povo que em breve se tornaria escravo, o Senhor muda as leis matemáticas do movimento e a natureza dos fluidos; a água do Jordão reflui em direção à nascente[2], e a sagrada horda judaica tem o prazer de atravessar o riachinho a pés enxutos.

"O mesmo acontece quando o Senhor quer que filisteus ou fenícios sintam seu poder; era coisa por demais corriqueira dar-lhes uma colheita ruim; é bem mais aparatoso enviar trezentas raposas ao picaresco Sansão, que as amarra pelo rabo[3], e que lhes põe fogo no traseiro, mediante o que as colheitas fenícias são queimadas. O Senhor transforma hoje farinha em enguias entre as mãos do padre papista Needham.

"Assim podeis ver que em todos os tempos o Senhor opera coisas extraordinárias em favor de seus servidores; e é o que faz com que vossa filha seja muda."[4]

O senhor Covelle tomou então a palavra, e disse: "Explicastes maravilhosamente coisas maravilhosas, e não as entendo mais do que vós. Mas o ponto é que ninguém deve tocar em nossas prerrogativas. Fazei quantos milagres quiserdes, contanto que eu viva livre e feliz. Continuo a te-

---

2. Js 3.
3. Jz 15, 4.
4. Molière, *Médecin malgré lui* (Médico por acaso), II, VI.

mer esse padre papista que está entre nós; ele certamente está cabalando contra nossa liberdade, e nessa rocha tem enguia."[5]

O capitão inflamou-se com esse discurso, e jurou que se assim fosse esse papista não se livraria do caso somente com as duas orelhas, por mais longas que fossem. Quanto a mim, conservei o silêncio, como convém a um proponente perante um pastor titular. Esse digno ministro, que sabe um pouco de matemática, retomou a palavra, e exprimiu-se nos seguintes termos:

"Nada temais do senhor Needham, ele é mal informado demais acerca dos negócios do mundo; sabeis que ignora a aventura da lua e de Ajalon." Tirou então seu estojo do bolso, e desenhou no papel uma belíssima figura; traçou uma tangente na órbita da lua e puxou raios visuais da terra para os outros planetas. O senhor Covelle arregalava os olhos; pediu a figura para mostrá-la aos sábios de suas relações.

"Como bem podeis ver, dizia o ministro, se a lua perde o movimento de gravitação, ela tem que seguir esta tangente, e, se perde o movimento de projétil, tem que cair de acordo com esta outra linha." – Sem dúvida – disse o senhor Covelle. O capitão concentrou-se nos raios visuais, e concebemos o milagre em toda sua beleza. Todos concordamos, não se falou mais em milagres, e nossa ceia foi a mais agradável do mundo.

Já nos íamos separar, quando um antigo auditor amigo nosso entrou todo esbaforido e nos contou que o padre das enguias era um jesuíta. "É coisa certa, disse, e temos as provas.

– Como! – exclamei –, um jesuíta transfigurado entre nós, e preceptor de um jovem! Isso é perigoso de várias manei-

---

5. *Il y a là anguille sous roche*. Essa expressão em francês equivale à nossa "nesse mato tem coelho". (N. da T.)

ras: temos que advertir amanhã sem mais tardar o primeiro síndico.

— Ele, jesuíta! — disse o capitão — não pode ser, é muito absurdo[6].

— Estais enganado — replicou o auditor —, ficai sabendo que os exércitos de monges são como os que servistes: são compostos dos primeiros oficiais que conhecem os segredos da companhia, e de soldados imbecis que caminham sem saber para onde, e que se batem sem saber por quê. A maioria em qualquer lugar é formada pelos ignorantes, conduzidos por algumas pessoas hábeis; e todos os monges se parecem com os súditos do velho da montanha; mas, como sabeis, graças a Deus os jesuítas não são mais temíveis.

— Não importa — disse o capitão — devemos expulsar esse, quanto mais não seja pelo escândalo que está fazendo, e pelo aborrecimento que está causando."

Quanto a mim, pedi sua graça, visto que ele me havia dito pesadas injúrias sem que eu tivesse a honra de conhecê-lo.

....

6. Imaginai, caros concidadãos, que esse jesuíta Needham fez uma paródia da terceira carta humilde e submissa que eu escrevera tão respeitosamente a meu grave mestre R...: é decerto coisa muito louvável defender nossa santa religião com uma paródia! É belo que seja a um jesuíta que devamos a obrigação. É um inimigo que vem em nosso socorro, esperando que nos batamos contra ele; ele ornou essa paródia com uma advertência preliminar que diz:

"Os que não viram o original no qual se baseou esta paródia entenderão facilmente que nada alterei quanto à forma, às idéias, nem mesmo às palavras, etc."

Podeis entender, caros concidadãos, que se possa julgar se o autor bufão de uma paródia copiou fielmente o original sem que se tenha visto esse original? Acaso não seria um novo milagre que esse jesuíta estaria supondo entre seus leitores? Como podeis ver existem jesuítas ingênuos.

N.B. São Patrício é o patrono do jesuíta Needham. O primeiro milagre que fez São Patrício foi o de aquecer um forno com neve. Needham raciocina tão conseqüentemente quanto nosso caro São Patrício. (Nota de Voltaire.)

O senhor ministro Perdrau concordou comigo, assim como o senhor Covelle; parti no dia seguinte para ir ter com o bom senhor alemão do qual sou capelão, e em companhia de quem não ouvirei mais falar dessas bagatelas.

Paródia da terceira carta do proponente[1], pelo senhor Needham,

Irlandês, Padre, Jesuíta, Transformador de Farinha em Enguias.

Ele dá voz a um patagão nesta paródia; e o patagão raciocina como Needham.

P.S. Esta paródia só foi publicada após o aparecimento da oitava carta. Seguimos fielmente a ordem temporal na nova edição dessas coisas maravilhosas[2].

Epígrafe[3]

Expedit vobis neminem videri bonum; quasi aliena virtus exprobatio delictorum vestrorum sit, etc. (Tácito[4])

....

1. Todo esse cabeçalho, inclusive o *P.S.*, é de Voltaire. Já mencionei, em minha Nota (p. 28), o título completo da edição original. (Nota de Beuchot.)
2. Como esta paródia é excessivamente aborrecida, não transcreveremos aqui senão alguns trechos selecionados, a fim de que o leitor não seja privado das notas do senhor proponente. (K.)
3. Os editores de Kehl não mencionam da epígrafe de Needham senão esta frase, à qual se refere a *N.B.* de Voltaire. (Nota de Beuchot.)
4. Foi Needham que colocou o nome de Tácito após sua epígrafe.

N.B. Aplica a ti mesmo essas palavras, meu caro Needham.

Advertência preliminar do jesuíta Needham[5]

Os que não viram o original no qual se baseou esta paródia entenderão facilmente que nada alterei quanto à forma, às idéias, nem mesmo às palavras etc.[6] Em breve o mundo, despojado em grande parte dessas sublimes verdades, verá claramente a quem pertence a *veste ensangüentada*[7], e a natureza corrompida, vendo-se livre de todo freio etc.

Senhor, rogo-vos vir em meu auxílio à *Terra del Fuego*, contra um gigante patagão de tamanho enorme...[8] Vossa moral consiste em crer que *devo fazer-vos bem*, e minha natureza leva-me a arrancar-vos o cérebro para torná-lo minha refeição etc.[9] Caractacus foi muito tempo depois combater esses mesmos romanos...[10] Parece que vossos príncipes e legisladores, assassinando a socie-

....

5. A *Advertência preliminar*, da qual só referimos as passagens necessárias, é realmente de Needham. (Nota de Beuchot.)

Notas do Senhor Proponente

6. E como queres que os que não viram o original julguem se tua cópia lhe é fiel? (Nota de Voltaire.)

7. O que tua veste tem a ver com o caso? De onde tiraste que *o proponente tenha proposto* liberar o homem de todo freio? (Id.)

8. Não vale a pena fazer muitas observações sobre esta paródia, que não passa de um transvestir insípido. (Id.)

9. É verdade, mas esse pobre Needham, em sua infeliz paródia, não vê que destrói a moral que Deus gravou no coração de todos os homens. Faz falar seu tolo patagão contra a sociedade, a lei natural e a virtude, enquanto o senhor conde tomara o partido da virtude, da lei natural, da sociedade, e conseqüentemente do próprio Deus, e só falara contra as impertinências escolásticas, que são objeto do desprezo de todas as pessoas de bem. (Id.)

10. É engraçado fazer um patagão citar a *História romana*. (Id.)

dade com sua moral...[11] Os pretensos direitos de guerra, os coletores gerais, as rapinas...[12] Quando se escreve educadamente contra a religião, deve-se responder da mesma maneira...[13] *Risu inepto*[14] *nihil ineptius*[15].

....

11. Se tudo isso valesse a pena ser refutado, diríamos que Needham o Patagão engana-se totalmente ao imputar à moral todos os crimes cometidos contra a moral; mas que o senhor conde teve muitíssima razão ao imputar aos dogmas e ao detestável espírito teológico todos os horrores que os dogmas e as querelas escolásticas fizeram que se cometessem.

Mostraríamos como é ridículo comparar a razão universal, que inspira todas as virtudes, a dogmas particulares dos quais só resultou o mal.

Poderíamos ainda dizer que uma paródia é um eco que não pode falar por si mesmo, que só faz repetir, e que repete mal. (Id.)

12. É cômico que esse patagão conheça os coletores gerais da França. Não é menos cômico que deles fale a um irlandês, como se existissem na Irlanda. (Nota de Voltaire.)

13. Dir-te-ei pois educadamente que aquele que escreve que os animais nascem sem germe escreve contra Deus. (Nota do senhor Couture.) (Id.)

14. Catulo disse (XXXIX, 16): *Nam risu inepto res ineptior nulla est.*

15. *Sed risu conveniente nihil dulcius.* (Nota do senhor Claparède.) (Nota de Voltaire.)

Nona carta

Atribuída ao jesuíta das enguias, ou galimatias no estilo do padre Needham[1]

É o senhor Needham que diz:

Todos os menininhos da cidade saltitam ao meu redor, pedindo-me milagres; digo-lhes: "Raça de enguias[2], não tereis mais do que os milagres de meu pai santo Inácio, e de meu patrono são Patrício." Soube que os ímpios zombam de meu patrono e de mim na venerável companhia, no consistório e nas casas das lavadeiras: isso não me abala, e *contra sic argumentor.*

O senhor proponente crê poder ridicularizar meu são Patrício, porque aquecia um forno com neve; certamente só um danado herético como ele poderia insultar assim os prodígios que o Senhor sempre operou através de seus eleitos; que leia minha dissertação sobre esse milagre, impressa no *Jornal cristão*, e verá que é muito possível que a neve aqueça um forno, se bem que a coisa seja miraculosa.

São Patrício, por exemplo, acaso não poderia pôr a ferver a neve antes de usá-la? Responder-me-ão que nesse caso

....

1. Este título consta das reimpressões de 1765 e 1767. Na edição original, nas edições de Kehl e em muitas outras, consta somente: *Nona carta sobre os milagres, escrita pelo jesuíta das enguias*. (Nota de Beuchot.)
2. *Progenies viperarum...*, Mt 3, 7; 12, 34-9. Voltaire traduz aqui livremente *víbora* por *enguia*, lembrando-se sem dúvida da *anguilla longae cognata colubrae*, da qual fala Juvenal, sátira V, livro primeiro. (Cl.)

não há mais neve, que é apenas água fervente, e que se esperássemos para ter pão que o forno se aquecesse desta maneira, correríamos o risco de morrer de fome. Concordo; mas é precisamente nisso que o milagre consiste.

Dizem que me transfigurei em leigo, em genebrino, e que, com essa metamorfose, pretendi aviltar o milagre da transfiguração no Tabor. Deus me livre! Tenho uma opinião por demais elevada desse milagre e de mim mesmo, e quero ensinar ao senhor proponente o que é esse milagre do qual fala com uma leviandade que jamais me será reprovada.

A transfiguração é sem dúvida o que temos de mais respeitável depois da transubstanciação. Ouso mesmo dizer que é da transfiguração que depende nossa salvação: pois, se um pecador, um fazedor de paródias, não se transfigura em homem de bem, ele está perdido; e aqui tendes a prova:

Jesus transfigurou-se no topo de uma alta montanha; uns dizem que foi no monte Hermon, outros no Tabor. Suas roupas tornaram-se alvíssimas, e seu rosto resplandecente: logo um homem que faz prodígios deve ter um rosto largo, de cor viva, e belas roupas alvíssimas; como queríamos demonstrar.

O proponente não concorda com essa verdade, e diz que se pode ser homem de bem com uma roupa marrom meio suja. Tem suas razões para pensar assim; mas, quando se trata da salvação, temos que olhar as coisas de perto.

Prossigo pois, e digo que é verdade que o hábito não faz o monge; mas, como provei acima, a roupa é a figura da alma. O vinho de Caná era tinto, e as roupas da transfiguração brancas; ora, o branco significando a candura, e o vermelho sendo a cor do zelo, é evidente que se reunirdes essas duas cores tereis um vermelho tendendo para o amarelo: logo, os milagres são muito possíveis; logo, são não apenas possíveis, mas muito reais; logo, o senhor Covelle está errado. Saint Denis levando a cabeça nos braços estava vestido de branco, pois trazia sua sobrepeliz; ora o sangue de sua cabeça e de seu pescoço sendo vermelhos, bem vedes que nada se me pode replicar.

Sei que os pretensos espíritos fortes, os assim chamados filósofos têm outras opiniões. Perguntam para que serviu a transfiguração no topo do Tabor ou do monte Hermon, que bem adveio daí para o império romano, e o que estariam fazendo Moisés e Elias naquela montanha. Em primeiro lugar, responderei que Elias não estava morto, e que podia ir onde bem entendesse; em segundo lugar, direi que é evidente que Moisés ressuscitou para vir palestrar, como provei acima, e que tornou a morrer em seguida, como provo abaixo.

Ainda não basta, é preciso aprofundar a coisa; digo primeiramente que o trigo com morrão sendo visivelmente dotado de uma alma sensível...

Quando estava nessa frase, o senhor R..., professor de teologia, entrou em minha casa com um ar consternado. Perguntei o motivo de seu desalento: confessou-me estar pesquisando há quatro anos se o vinho das núpcias de Caná era branco ou tinto, que bebera muitas e muitas vezes de um e de outro para decidir acerca dessa importante questão, e que não pudera chegar a nenhuma conclusão. Aconselhei-o a ler são Jerônimo, *de Vino rubro et albo*; são Crisóstomo, *de Vineis*, e Johannem de Bracmardo[3], *super Pintas*. Disse-me havê-los lido todos, e que estava mais confuso que nunca: o que acontece com quase todos os sábios. Repliquei-lhe que a coisa fora decidida pelo concílio de Éfeso, sessão 14. Prometeu-me ler e ficou todo espantado com meu saber. "Mas que fazeis, disse, quando cantais na missa solene na Irlanda e o vinho vos falta?" Respondi: "Nesse caso

....

3. Rabelais, livro I, capítulos XVIII e XIX, menciona Janotus de Bragmardo. Foi imitando o capítulo VII do livro II, em que consta a lista dos livros da biblioteca de São Vítor, que Voltaire compôs os títulos dos três livros que cita aqui. (Nota de Beuchot.)

faço ponche, ao qual misturo um pouco de cochinilha: assim faço vinho tinto, e ninguém tem nada a me censurar."

Posso dizer que o senhor professor R... ficou extremamente contente com minha invenção, e que me fez elogios que minha extrema modéstia impede-me de transcrever aqui.

A estima que me testemunhou, e a que senti conseqüentemente por ele, estabeleceram em pouco tempo entre nós a confiança. Perguntou-me amigavelmente quantos milagres fizera são Francisco Xavier. Declarei-lhe francamente que os escritores de sua biografia os haviam aumentado um pouco em número, seguindo o método dos primeiros séculos, e que após um longo exame eu não pudera confirmar mais que duzentos e dezessete. "É bem pouco, disse-me ele, quando se está no Japão." Fi-lo convir que é bom se conter, e que, na época perversa em que vivemos, não se deve dar motivo de riso à multidão dos incrédulos. Após o que perguntei-lhe por minha vez se ele próprio não fazia milagres algumas vezes no seu estrado: teve a boa-fé de me dizer que não; e com isso confessava, sem saber, a superioridade de minha seita sobre a dele.

"Nós os faríamos como todos os outros, disse-me, se estivéssemos lidando com tolos; mas nosso povo é instruído e esperto; deixa passar os antigos milagres que encontrou já estabelecidos. Se nos metêssemos a fazê-los por conta própria, se nos puséssemos, por exemplo, a exorcizar possessos, creriam que nós é que o somos; se expulsássemos diabos, nos expulsariam com eles."

Senti por essa resposta que disfarçava sua impotência sob um ar de circunspecção; com efeito, ninguém além dos católicos faz milagres. Todos concordam que os mais autênticos se fazem na Irlanda. Deixo a outros o cuidado de falar dos meus. Já fizeram justiça às minhas enguias, à profundidade de meus raciocínios, e a meu estilo. Isso me basta, e não creio que seja necessário dizer mais a esse respeito.

Advertência[4]

O senhor Covelle pouco estudara, como ele mesmo nos diz em uma de suas cartas. Seu gênio desenvolveu-se por amor: fez um filho à senhorita Ferbot[5], uma de nossas mais amáveis cidadãs; a coisa era secreta. O consistório tornou-a caridosamente pública; ele foi obrigado a comparecer. O predicante que presidia[6] ordenou que se ajoelhasse: era um abuso estabelecido há muito tempo. O senhor Covelle respondeu que só se ajoelhava perante Deus: o moderador disse-lhe que príncipes haviam sofrido aquela penitência. "Bem sei, replicou, que essa infâmia começou com Luís, o Piedoso; sabei que ela terminará com Robert Covelle."[7]

Esta aventura determinou-o a instruir-se; tornou-se culto em pouco tempo, e distinguiu-se por várias cartas em favor do senhor proponente, seu amigo, contra o jesuíta Needham.

....

4. Esta *Advertência*, que também pertence a Voltaire, foi acrescentada por ele mesmo na edição da *Coletânea*, em 1765.

5. Catherine Ferbot, a Briseis de Aquiles Covelle, e filha de um moleiro, foi imortalizada também por Voltaire em seu poema épico sobre a *Guerra civil de Genebra*.

A vigésima carta lhe é endereçada.

6. Jean-Jacques Vernet, um dos interlocutores de um dos *Diálogos cristãos*, que é o assunto da sátira intitulada *Elogio da hipocrisia* e da *Carta curiosa de Robert Covelle*, 1766.

7. O belo, o loiro Covelle, cidadão de Genebra, onde era relojoeiro, tendo intentado, além disso, contra os ministros do santo Evangelho, um processo que ganhou, o rumor de sua heróica resistência à tirania dos padres ressoou rapidamente até o castelo de Ferney, o que bastou para que Voltaire, unindo o útil ao agradável, quisesse oferecer-lhe uma festa. Quando Covelle chegou em Ferney, diz Grimm em sua *Correspondência* (novembro de 1768), repicou-se o sino do castelo, as portas abriram-se de par em par diante dele; foi recebido com todas as honras devidas à coragem, e, para cúmulo de distinção, soltaram-se fogos de artifício. Voltaire, durante todo o tempo que durou a festa, tendo, com grande cerimônia, chamado Covelle de senhor *fornicador*, seus criados, que pensaram que essa faceciosa qualificação era de fato o título de um cargo da república de Genebra, passaram a anunciá-lo somente como o *senhor fornicador Covelle*. (Cl.)

Décima carta

Pelo senhor Covelle, cidadão de Genebra, ao senhor V*** [1], *pastor rural*

Senhor,

Cremos, vós e eu, firmemente em todos os milagres; cremos que as palavras que têm evidentemente um sentido determinado têm evidentemente um outro sentido. Por exemplo: "Meu pai é maior que eu"[2] significa sem a menor contestação: "Sou tão grande quanto meu pai"; o que é um milagre de palavras. Quando Paulo, tornado convertedor, de perseguidor que era, diz, em sua *Epístola aos Romanos*[3], ou seja, a alguns judeus que vendiam trapos em Roma: "O dom de Deus estendeu-se sobre nós pela graça dada a um só homem, que é Jesus", isso quer dizer sem dificuldade: "O dom de Deus estendeu-se sobre nós pela graça dada a um só Deus, que é Jesus."

Só temos que nos entender: há, como se sabe, cem passagens que se deve absolutamente explicar no sentido contrário. Esse milagre, sempre subsistente, de entender tudo ao contrário do que se lê e do que se diz, é uma das provas mais fortes de nossa santa religião.

....
1. Vernet.
2. Jo 14, 28.
3. Rm 5, 15.

Há um milagre ainda maior, o de não se entender a si mesmo. Foi o que aconteceu com Atanásio, Cirilo e muitos outros Doutores. É um dos milagres operados pelo reverendo padre Needham, para grande edificação dos fiéis, *cum devotione et cachinno.*

Aconselho esse jesuíta Needham a ir dar uma volta em Gabaon e em Ajalon, para ver como o sol e a lua se arranjaram para deter-se sobre esses dois povoados. Deixo o senhor proponente ganhar seus trezentos escudos patagões por ano em casa de seu senhor alemão, e dirijo-me a vós como a um jovem cura de aldeia feito para representar um grande papel na cidade.

Tendes uma linda mulher, e eu não tenho nenhuma. Optei, como homem de bem, por fazer um filho à senhorita Ferbot; é um grande pecado, confesso-o.

Jesus, semelhante ou dissemelhante a seu pai, põe-se extremamente colérico quando um genebrino faz um filho a uma moça; e certamente lançaria a cidade ao lago se muitas vezes se cometesse essa enormidade, contrária a todas as leis da natureza: assim sendo pedi perdão a Jesus; mas queríeis que também a vós eu pedisse perdão, como se fôsseis consubstancial a Jesus, e como se vosso povoado fosse consubstancial a Genebra.

Na verdade, meu caro pastor, fostes longe demais; sois muito jovem e muito amável para julgar as moças. Permiti que eu tenha a honra de dizer-vos o que é um ministro, não de Estado, mas do santo Evangelho.

É um homem vestido de preto a quem damos uma paga para orar, para exortar, e para exercer algumas outras funções. Acreditais, porque vos chamamos pastores, que não passamos de cordeiros. A coisa não é bem assim. Lembrai que Cristo diz expressamente a seus discípulos: "Não haverá entre vós nem primeiro nem último."[4]

---

4. Mt 19, 30; 20, 16; Mc 10, 31; Lc 13, 30.

Temos, no fundo, tanto direito quanto vós de falar em público para edificar nossos irmãos, e de partir o pão com eles. Se, quando as sociedades cristãs aumentaram, julgamos conveniente designar algumas pessoas para batizar, pregar, comungar nossos fiéis e cuidar de manter limpo o local da assembléia, isso não significa que nós mesmos não possamos muito bem nos encarregar disso. Dou uma paga a um homem para que leve a pastar meu rebanho; mas isso não me tira o direito de levá-lo eu mesmo a pastar, e de mandar pastar o pastor se estiver insatisfeito com ele.

Sagraram-vos, o que me enche de regozijo; mas que fizeram, dizei-me, com essa cerimônia? Acaso vos deram mais espírito do que tínheis? acaso aqueles que vos admitiram como ministro do santo Evangelho vos deram algo além de uma declaração de que não sabeis o hebraico, que sabeis um pouco de grego, que lestes Mateus, Lucas, Marcos e João, e que podeis falar meia hora seguida? Ora, certamente muitos de nossos cidadãos encontram-se nessa condição e por vezes fico ouvindo o senhor Deluc[5] uma hora inteira, embora ele não saiba mais hebraico que vós.

Quisestes que eu me ajoelhasse, o que me aconselhastes em uma carta. Ficastes então sabendo que não me ajoelho senão perante Deus, e aprendestes que os pastores não são magistrados. Sabemos muito bem distinguir o império e o sacerdócio. O império é nosso, e o sacerdócio depende tanto do império que, quando vos nomeiam para alguma paróquia da cidade, sois apresentado a nós. Podemos aceitar-vos ou rejeitar-vos: logo somos vossos soberanos. Pregai, e julgaremos vossa doutrina; escrevei, e julgaremos vosso estilo; fazei milagres, e julgaremos vossa arte. Como já disse, foi-se o tempo em que os leigos não ousavam pensar, e não mais aceitamos bolotas, quando já provamos pão.

....

5. François Deluc, nascido em 1698 e morto em 1780. J.-J. Rousseau diz a seu respeito: "É o mais honesto e o mais aborrecido dos homens."

Os homens de igreja, em todos os países, estão um pouco aborrecidos que as pessoas tenham olhos: queriam estar à frente de uma sociedade de cegos; mas sabei que é mais honroso ser aprovado por homens que raciocinam que dominar pessoas que não pensam.

Há duas coisas importantes de que jamais se fala no país dos escravos, e sobre as quais devem conversar todos os cidadãos nos países livres: uma é o governo; a outra, a religião. O mercador, o artesão, devem pôr-se em condições de não ser enganados nem sobre um nem sobre outro desses objetos. A tirania ridícula que quiseram exercer sobre mim serviu apenas para me fazer conhecer melhor meus direitos de homem e de cristão. Todos os que pensam como eu (e são inúmeros) sustentarão até o último suspiro esses direitos invioláveis; e, como me dizia muito bem uma costureira de meu bairro, *fari quae sentiat*[6] é o privilégio de um homem livre. Acreditai-me, senhores, poupai os cidadãos, burgueses, nascidos ou não na cidade, se quereis conservar um pouco de crédito: pois, segundo são Flaccus Horatius, na sua quarta epístola aos Gálatas, aquele que exige mais do que se lhe deve perde rapidamente o que lhe é devido etc. etc.

---

6. Horácio, I, epístola IV, 9.

Décima primeira carta
Escrita pelo proponente ao senhor Covelle

Senhor,

Bendigo a Providência que me levou à casa do senhor conde de Hiss-Priest-Craft[1], do qual tenho a honra de ser capelão. Não apenas ele teve a bondade de pagar-me antecipadamente com escudos patagões referentes aos primeiros quatro meses de meu exercício, como também sou aquecido, iluminado, lavado, nutrido, barbeado, transportado, vestido. Duvido muito que o levita que servia na capela da viúva Micas[2], o idólatra, tivesse uma condição tão boa quanto a minha. É verdade que a senhora Micas dava-lhe uma sotaina e um casaco preto por ano, e que ele tinha tinha seu sustento garantido; mas não recebia senão dez meros escudos de paga, o que não chega nem perto de meus rendimentos.

Sua Excelência me trata além disso com muita bondade; começa a ter um pouco de confiança em mim, e não desespero em convertê-lo quanto ao capítulo dos milagres, contanto que esse infeliz jesuíta Needham não se meta, pois Sua Excelência tem uma repugnância invencível pelos

....
    1. Ver uma nota sobre a 3ª carta, p. 55.
    2. Jz 17.

jesuítas, pelos absurdos e pelas enguias: tirante isso é o melhor homem do mundo, e, se jamais virdes em seu pequeno Estado, vereis como sua conduta é edificante, e com que sinceridade adora o Deus de todos os seres e de todos os tempos.

É, além disso, bastante sábio. Ordenou a um judeu[3], seu bibliotecário, que fizesse uma bela coleção dos antigos fragmentos de Sanchoniathon, de Beroso, de Máneton, de Querêmon, dos antigos hinos de Orfeu, de Ocellus-Lucanus, de Timeu de Lócris, e de todos esses antigos monumentos pouco consultados pelos modernos.

Fazia-me ler ontem Flávio Josefo, esse historiador judeu que escrevia sob Vespasiano; Josefo, parente da rainha Mariana, mulher de Herodes; Josefo, cujo pai vivera nos tempos de Jesus; Josefo, que tem a infelicidade de não falar de nenhum dos fatos que aconteceram então na Galiléia à vista de todo o universo. A ambos chamou-nos a atenção as penas que se dá esse judeu, e de quantas maneiras se desdobra para exaltar sua nação. Escruta em todos os autores egípcios para encontrar alguma prova de que Moisés foi conhecido no Egito; desencava enfim dois historiadores recentes, que escreveram após a tradução conhecida como Septuaginta: são eles Máneton e Querêmon. Citam Moisés, mas não falam de nenhum de seus prodígios.

Que Máneton e Querêmon houvessem dito pouca coisa de um judeu que olhavam com desprezo era bastante natural, supondo-se que a história de Moisés fosse fabulosa; mas que falando de Moisés nada tenham dito sobre as dez pragas do Egito e sobre a travessia milagrosa do mar Vermelho, isso é incompreensível. É como se, escrevendo a histó-

....

3. Voltaire quer talvez referir-se a Moses Mendelssohn, nascido em Dessau em 1729, morto em 1786; mas esse sábio judeu não foi bibliotecário de Frédéric. Ele, que cria que os judeus não eram da espécie humana, pelo que refere Mirabeau.

ria de Genebra, que começastes com tanta eloqüência quanto verdade, nada dissésseis acerca da escalada[4] nem da morte do senhor F..., meu parente[5].

A omissão dos milagres de Moisés é algo de bem mais extraordinário, numa história egípcia, que a omissão de dois fatos muito naturais na história de uma cidade. A guerra de milagres que empreendeu Moisés com os magos do rei do Egito não deveria de modo algum ter sido passada em silêncio por historiadores de uma nação tão célebre pelos sortilégios quanto o eram os egípcios.

Dir-me-ão talvez que esses egípcios ficaram tão envergonhados por terem sido vencidos em matéria de diabruras que preferiram não falar absolutamente disso que confessar sua derrota. Porém, mais uma vez, senhor, isso não é natural. Os franceses confessam terem sido derrotados em Crécy, em Poitiers; os atenienses confessam que a Lacedemônia venceu-os. Os romanos não dissimulam a derrota nas batalhas de Cannes e de Trasimeno.

Além disso, os magos do faraó não foram vencidos senão em um artigo. Moisés fez nascerem piolhos, e foi este o único milagre que os feiticeiros de sua Majestade não puderam fazer. Ora, seria facílimo para um historiador hábil, ou passar em silêncio o milagre dos piolhos, ou mesmo torcê-lo em favor de sua nação. Poderia dizer que os judeus, que sempre foram mascateadores, eram mais entendidos em piolhos que os outros povos. Poder-se-ia acres-

....

4. Ela aconteceu na noite do 22 de dezembro de 1602, e os genebrinos, oportunamente acordados, repeliram vigorosamente o governador da Savóia, d'Albigny, lugar-tenente de Carlos Emanuel I, que tentara anexar Genebra a seus Estados. Ver, mais abaixo, o começo da *décima oitava* carta.

5. *Nem da mediação*, edição de 1765. – O senhor F..., do qual se trata aqui, morreu provavelmente durante outros distúrbios que não os de 1765, dos quais Voltaire se fez *mediador*, como ele diz na sua carta de 27 de novembro de 1765 a d'Argental.

centar que os egípcios, que eram pessoas limpíssimas, sempre haviam negligenciado a teoria dos piolhos na multidão de seus conhecimentos.

Finalmente, não era possível que Querêmon e Máneton houvessem esquecido que um anjo cortara o pescoço, certa manhã, de todos os filhos primogênitos das casas do Egito.

Ilustríssimos sábios acreditaram, como sabeis, senhor, haver então no Egito cento e vinte mil famílias: o que monta a cento e vinte mil rapazes degolados numa só noite. Esta aventura bem merecia ser contada.

Suponhamos, por exemplo, que um jesuíta saboiano, enviado de Deus, houvesse assassinado todos os primogênitos de Genebra em seus leitos; sinceramente, haveria um só de nossos analistas que esqueceria essa carnificina execrável? e acaso os escritores saboianos seriam os únicos a transmitir à posteridade um acontecimento tão divino?

A probidade, senhor, não me permite negar a força desses argumentos. Estou persuadido de que é coisa de um homem desonesto tratar com aparente desprezo as razões dos adversários, quando sente toda sua potência no fundo do coração: é mentir aos outros e a si mesmo. Assim, quando examinamos o conjunto dos milagres da antiguidade, não mascaramos nem menosprezamos as razões daqueles que os negam, e não fizemos senão opor, como bons cristãos, a fé aos argumentos. A fé consiste em crer naquilo que o entendimento não seria capaz de crer; e nisso reside o mérito.

Mas, senhor, estando persuadidos, pela fé, de coisas que parecem absurdas à nossa inteligência, quer dizer, crendo naquilo em que não cremos, evitemos fazer esse sacrifício de nossa razão na conduta da vida.

Houve pessoas que disseram em outros tempos: Acreditastes em coisas incompreensíveis, contraditórias, impossíveis, porque assim ordenamos; fazei, pois, coisas injustas porque assim estamos ordenando. Essas pessoas raciocinavam à maravilha. Certamente quem tem o direito de tornar-vos absurdo tem o direito de tornar-vos injusto. Se não opuserdes às ordens de acreditar a impossível inteligência que Deus colocou-vos no espírito, não ireis opor às ordens de agir mal a justiça que Deus colocou-vos no coração. Uma faculdade de vossa alma sendo uma vez tiranizada, todas as outras faculdades devem sê-lo igualmente. E foi isso que produziu todos os crimes religiosos que inundaram a terra.

Em todas as guerras civis que os dogmas acenderam, em todos os tribunais das inquisições, e todas as vezes em que acreditamos oportuno assassinar particulares e príncipes de uma seita diferente da nossa, sempre nos servimos das seguintes palavras do Evangelho: "Não vim trazer a paz[6], mas o gládio; vim dividir o filho e o pai, a filha e a mãe, etc."

Teríamos então que lançar mão daquele milagre de que já vos falei[7], que consiste em entender o contrário do que está escrito. Certamente essas palavras querem dizer: "Vim reunir o pai e o filho, a filha e a mãe"; pois, se entendêssemos essa passagem ao pé da letra, seríamos obrigados, em sã consciência, a transformar este mundo num teatro de parricídios.

Do mesmo modo, quando é dito que Jesus secou a figueira verde, isso quer dizer que ele fez reverdecer uma figueira seca: pois esse último milagre é útil, e o primeiro pernicioso.

Acreditemos também que, quando o grande servidor de Deus, Josué, deteve o sol, que não caminha, e a lua, que caminha, não foi para acabar de massacrar em pleno meio-dia uns pobres cidadãos que viera roubar, mas para ter tempo de socorrer esses infelizes, ou para fazer alguma boa ação.

É assim, senhor, que a letra mata e o espírito vivifica[8].

Numa palavra, que vossa religião signifique sempre a moral sadia na teoria; e a benevolência na prática.

---

6. Mt 10, 34-35.
7. 10ª carta, p. 96.
8. 2 Cor 3, 6.

Recomendai essas máximas a nossos caros concidadãos; que eles saibam que o erro nunca leva à virtude; que façam uso de suas luzes[9], que se esclareçam uns aos outros, que não temam dizer a verdade em todos seus círculos de relações, em todas as reuniões. A sociedade humana foi durante muito tempo semelhante a um grande jogo de lansquenete, em que os espertalhões roubam dos crédulos, enquanto as discretas pessoas de bem não ousam avisar os perdedores que estão sendo enganados.

Quanto mais meus compatriotas buscarem a verdade, mais prezarão sua liberdade. A mesma força de espírito que conduz ao verdadeiro torna-nos bons cidadãos. Que significa com efeito ser livre? Significa raciocinar justamente, conhecer os direitos do homem; e, quando os conhecemos bem, bem os defendemos.

Podeis observar que as nações mais escravas foram sempre aquelas mais desprovidas de luzes[10]. Adeus, senhor; recomendo-vos a verdade, a liberdade e a virtude, as três únicas coisas pelas quais deve-se amar a vida.

....

9. Mt 5; Mc 4; Lc 8, concordam em que não se deve esconder *as luzes*, e dizem mesmo que nada há de secreto que não deva ser conhecido pelos homens. (Cl.)

10. Além dos capítulos dos três evangelistas tão favoráveis às *luzes*, eis o que diz São Paulo, capítulos IV e V de sua *Epístola aos Gálatas*, relativamente à liberdade: "Não somos os filhos do escravo... e foi Jesus Cristo que nos atribuiu esta liberdade. Permanecei nesse estado de liberdade, e não vos coloqueis sob o jugo da servidão."

Décima segunda carta
*Do proponente ao senhor Covelle,
cidadão de Genebra*[1]

Meu caro senhor Covelle, se Sua Excelência o senhor conde não está persuadido da autenticidade de nossos milagres, em compensação a senhora condessa tinha uma fé que era bastante consoladora. Tive o prazer de ler algumas vezes são Mateus com ela, enquanto o senhor conde lia Cícero, Virgílio, Epiteto, Horácio ou Marco Antônio em seu gabinete. Estávamos um dia nessas palavras do capítulo XVII:

"Em verdade vos digo que, quando vossa fé for grande como um grão de mostarda, direis a uma montanha: Afasta-te, e imediatamente a montanha se moverá."

....

1. Na oitava parte das *Questões sobre a Enciclopédia*, em 1771, a quarta seção do artigo MILAGRES se compunha, como disse (p. 10), do início desta décima segunda carta, e intitulava-se "MILAGRES MODERNOS, *4ª seção, extraída de uma carta já impressa do senhor Théro, capelão do senhor conde de Benting, contra os milagres dos convulsionários.* Jamais ousaríamos reimprimir esta zombaria sobre os milagres modernos, se um grande príncipe não houvesse absolutamente querido que a imprimíssemos, como coisa totalmente inocente que em nada prejudica os milagres antigos, e que diverte o espírito sem atingir a fé. Contudo, declaramos que não aprovamos de modo algum esta zombaria." (Nota de Beuchot.)

– Havia, em Berlim, na época da estada de Voltaire junto ao rei da Prússia, uma condessa de Bentinck, que era ao mesmo tempo amiga de Voltaire e protetora de La Beaumelle. Seria o marido dessa senhora que Voltaire cita nessa passagem? (G.A.)

Essas palavras excitaram o zelo e a curiosidade da senhora. "Eis uma bela ocasião, disse-me, de converter o senhor meu marido; temos aqui perto uma montanha que nos esconde a mais bela vista do mundo; tendes mais fé do que toda a mostarda de Dijon que se encontra em minha despensa; também tenho muita fé: digamos uma palavrinha à montanha e certamente teremos o prazer de vê-la passear pelos ares. Li na história de são Dunstan, que é um santo famoso do país de Needham, que ele fez vir um dia uma montanha da Irlanda até a Baixa Bretanha, deu-lhe sua bênção e mandou-a de volta para casa. Não duvido que possais fazer o mesmo que são Dunstan, vós que sois reformado."

Esquivei-me longamente alegando meu pouco crédito junto ao céu e às montanhas. "Se o senhor Claparède, professor de teologia, estivesse aqui, disse-lhe, ele certamente não deixaria de fazer o que propondes; e mesmo certo síndico seria capaz, em caso de necessidade, de dar-vos tal divertimento; mas pensai senhora que não passo de um pobre proponente, um jovem capelão que ainda não fez nenhum milagre, e que deve desconfiar de suas forças.

– Há sempre uma primeira vez, replicou-me a senhora condessa, e desejo absolutamente que me movais uma montanha." Resisti longamente; o que fez com que ela ficasse um pouco despeitada. "Fazeis, disse-me, como as pessoas que têm uma bela voz, e que recusam cantar quando rogadas." Respondi-lhe que estava resfriado, e que não podia cantar. Por fim ela me disse colérica que minha paga era bastante considerável para que eu fosse complacente, e para que fizesse milagres quando uma mulher de qualidade assim o pedisse. Eu continuava a expor-lhe, com submissão, minha pouca destreza nessa arte.

"Como, disse ela, Jean-Jacques Rousseau, que não passa de um mísero leigo, gaba-se em suas cartas[2] impressas de ter

....
2. Na terceira de suas *Cartas escritas da montanha*.

feito milagres em Veneza, e vós não me fareis nenhum, vós que tendes a dignidade de capelão de minha casa, e a quem dou o dobro dos rendimentos que Jean-Jacques recebia do senhor de Montaigu, seu senhor, embaixador da França?"

Finalmente rendi-me, rogamos à montanha, ambos com devoção, que se pusesse a andar. Ela nada fez. O rubor subiu às faces da senhora; ela é muito altiva e quer vigorosamente o que quer. "Pode ser, disse-me, que se deva entender, segundo vossos princípios, o contrário daquilo que se lê no texto; está dito que com um pouco de mostarda de fé pode-se mover uma montanha: talvez isso signifique que com uma montanha de fé possa-se mover um pouco de mostarda." Ordenou imediatamente a seu mordomo que lhe trouxesse um pote. Quanto a mim, a mostarda já me estava subindo ao nariz; fiz o que pude para impedir a senhora de fazer essa experiência de física; ela não se convenceu, e cismou na mostarda como cismara na montanha.

Enquanto realizávamos esta operação, chegou o senhor conde, que ficou bastante surpreso ao ver um pote de mostarda no chão entre a senhora condessa e eu. Ela contou-lhe de que se tratava. O senhor conde, com um tom meio sério, meio zombeteiro, disse-lhe que os milagres haviam cessado desde a reforma; que não havia mais necessidade deles, e que um milagre hoje é como mostarda depois do jantar.

Esta única afirmação abalou toda a devoção da senhora condessa. Basta às vezes uma brincadeira para decidir a maneira como pensaremos o resto da vida.

A senhora condessa, desde aquele momento, acreditou tão pouco nos milagres modernos quanto seu marido: de modo que sou hoje o único homem no castelo a ter senso comum, quer dizer, a crer em milagres[3].

....

3. Neste ponto terminava a parte desta carta que, nas *Questões sobre a Enciclopédia*, constituía a seção IV do artigo MILAGRES.

Suas Excelências bombardeiam-me todos os dias com zombarias. Represento mais ou menos o mesmo papel que o capelão do finado rei Augusto[4], que era o único católico da Saxônia.

Aferro-me tanto quanto posso à moral; mas essa moral não deixa de causar problemas. Confio-vos, meu caro amigo, que estou apaixonado pela filha do mordomo, que é muito mais bonita que a senhorita Ferbot, e que a viúva anabatista que desposou Jean Chauvin ou Calvino. Mas, como não tenho vintém, duvido muito que o senhor mordomo queira conceder-me a filha.

Julgai a que está reduzido um jovem proponente de vinte e quatro anos, saudável e vigoroso. O senhor ministro Formey, que é, incontestavelmente, o primeiro homem que temos hoje na igreja e na literatura, escreveu, há alguns anos, um excelente livro sobre a continência dos proponentes, que ele chama de milagre contínuo[5].

Pretendeu nesse livro estabelecer um b... para seus jovens predicantes; redigiu suas leis, que são bastante sábias: acima de tudo ele não quer que um profano jamais seja recebido nessa casa; mas foi precisamente essa lei que fez gorar o estabelecimento. Os leigos, que estão sempre com ciúmes de nós, se opuseram vivamente.

Talvez estejais pensando, meu caro Covelle, que não estou falando sério; juro-vos que o livro existe, que o li, e que o senhor Formey é por demais homem de bem e por demais temente a Deus para negá-lo. Sua idéia é muito razoável: pois no final das contas devemos ou ser como o senhor Onan, ou encontrar uma senhorita Ferbot, ou nos casarmos, ou fazer um filho à filha de um mordomo, o que me exporia a ser expulso da casa do senhor conde.

---

4. Augusto III, morto em 5 de outubro de 1763.
5. Isso talvez não passe de uma zombaria. (Nota de Beuchot.)

Confio-vos minhas dificuldades; espero que sendo do ramo podereis me ajudar com vossos bons conselhos.

Fui obrigado ontem a pregar sobre a castidade: o diabo me embalara a noite inteira; a filha do mordomo encontrava-se quase à minha frente; ela enrubescia e eu também; gaguejei muitas vezes. A senhora condessa percebeu minha perturbação: avaliai a situação em que me encontro. Essa moça está passando neste momento sob minha janela; a pena me cai das mãos... minha vista se turva... Ah! boa noite... meu caro... Covelle.

Théro[6],
Proponente e capelão de Sua Excelência o senhor
conde de Hiss-Priest-Craft.

....
6. Na primeira edição, esta carta estava assinada: *D., capelão de Sua Excelência o senhor conde de K.*

Décima terceira carta

Dirigida pelo senhor Covelle a seus caros concidadãos

Senhores,

As ocasiões desenvolvem o espírito dos homens. Pouco exercera minha faculdade de pensar antes que me visse obrigado a defender os direitos da humanidade contra aqueles cujo orgulho exigia de mim uma baixeza. O que disse um de nossos concidadãos sobre os milagres abriu-me os olhos. Concluí que é bem pouco importante para o bem da sociedade, para os costumes, para a virtude, saber ou ignorar que uma figueira tenha sido secada, por não se ter carregado de figos no final do inverno; nossos deveres de cidadãos, de homens livres, de pais, de mães, de filhos, de irmãos, não teriam que ser menos cumpridos, mesmo se nenhum milagre houvesse chegado até nós.

Suponhamos por um momento, meus caros compatriotas, que jamais Moisés tivesse atravessado o mar Vermelho a pés enxutos para ir morrer, ele e os seus, num pavoroso deserto; suponhamos que a lua jamais se tivesse detido sobre Ajalon, e o sol sobre Gabaon, em pleno meio-dia, para dar a Josué, filho de Nun, tempo de massacrar com mais calma alguns miseráveis fugitivos que uma chuva celeste de pedregulhos já atacara; suponhamos que uma jumenta e uma serpente jamais tenham falado, e que todos os animais não se tenham podido alimentar durante um ano na arca: em sã consciência, acaso seríamos menos pessoas de bem? teríamos outra moral, e outros princípios de honra e virtude? o mundo não continuaria seu curso como sempre o fez? qual poderia ser pois o objetivo daqueles que nos ensinam coisas que seu bom senso e o nosso recusam? com que espírito intentariam nos enganar? Não, por certo, para tornar-nos mais virtuosos, não para fazer-nos amar mais nossa cara liberdade: pois o embrutecimento do espírito nunca produziu pessoas de bem, e é horrível e insensato pretender que quanto mais formos tolos, mais nos tornaremos dignos cidadãos.

Ninguém jamais pretendeu fazer com que os homens acreditassem em tolices senão para submetê-los. O furor de dominar é de todas as doenças do espírito humano a mais terrível; mas hoje em dia só pode ser numa violenta congestão cerebral que homens vestidos de preto possam pretender nos tornar imbecis para nos governar. Isso pode funcionar com os selvagens do Paraguai que obedecem como escravos aos jesuítas; mas é preciso agir de modo diferente conosco. Devemos ser tão ciosos dos direitos de nossa razão quanto dos de nossa liberdade, pois quanto mais formos seres racionais, mais seremos seres livres. Tomai bastante cuidado, meus caros compatriotas, cidadãos, burgueses, nascidos ou não na cidade; não devemos nos deixar enganar nem quanto à nossa religião, nem quanto ao nosso governo. O direito de dizer e de imprimir o que pensamos é o direito de todo homem livre[1], do qual não se poderia privá-lo sem exercer a mais odiosa tirania. Este privilégio nos é tão essencial quanto o de nomear nossos auditores e nossos síndicos, impor tributos, decidir sobre a guerra e a paz; e seria cômico se aqueles nos quais reside a soberania não pudessem exprimir suas opiniões por escrito.

....

1. Como um povo pode dizer-se livre quando não lhe é mais permitido pensar por escrito? É o que escrevia Voltaire, em 16 de outubro de 1765, a Damilaville, a respeito da tirania que a magistratura genebrina pretendia então exercer contra os cidadãos. (Cl.)

Bem sabemos que se pode abusar da impressão assim como se pode abusar da palavra; mas como irão nos privar de uma coisa tão legítima com o pretexto de que se pode fazer mal uso dela? Preferia que nos proibissem de beber, por medo que alguém se embriagasse.

Guardemos sempre as conveniências, mas demos livre curso a nossos pensamentos. Defendamos a liberdade de imprensa, base de todas as outras liberdades, é através dela que nos esclarecemos mutuamente. Todo cidadão pode falar por escrito à nação, e todo leitor examinar à vontade, e sem paixão, o que esse compatriota está lhe dizendo via imprensa. Nossos círculos de relações podem por vezes ser tumultuosos: apenas no recolhimento do gabinete podemos julgar bem. Foi assim que a nação inglesa tornou-se uma nação verdadeiramente livre. Não o seria se não fosse tão esclarecida; e não seria esclarecida se cada cidadão não tivesse o direito de imprimir o que quisesse. Não pretendo comparar Genebra à Grã-Bretanha: sei que só possuímos um pequeníssimo território, pouco proporcional, talvez, à nossa coragem; mas, enfim, acaso nossa pequenez deveria nos despojar de nossos direitos? e por sermos somente vinte e quatro mil seres pensantes, deveríamos acaso renunciar a pensar?

Um judicioso alfaiate amigo meu dizia um desses dias, no meio de muitas pessoas, que um dos inconvenientes relacionados à natureza humana é o de cada um querer elevar sua profissão acima de todas as outras. Queixava-se particularmente da vaidade dos barbeiros, que se acham superiores aos alfaiates porque antigamente realizaram sangrias em algumas ocasiões: "Mas os barbeiros, dizia ele, estão totalmente equivocados ao se preferirem a nós: pois somos nós que os vestimos, e podemos muito bem nos barbear sem eles."

Eis precisamente, meus caros concidadãos, a situação em que nos encontramos com os padres. É claríssimo que podemos viver totalmente sem eles, já que toda a Pensilvânia assim o faz. Não há padres na Filadélfia: assim, ela é a cidade dos irmãos; é mais povoada que a nossa, e mais feliz. Suponhamos por um momento que todos os predicantes de nossa cidade sofram uma indigestão no próximo domingo; acaso deixaremos de cantar por isso os louvores a Deus? nossa música será menos ruim? não cumpriremos todas as funções desses senhores com a maior facilidade do mundo? e se for preciso pregar, não temos em nossos círculos de relações uns tagarelas que falam um quarto de hora em seguida sem dizer nada, e que são insuportáveis?[2]

Por que pois se encher tanto de empáfia quando se é padre? seria compreensível se esses senhores fizessem milagres; se rejuvenescessem o senhor Abauzit[3]; se curassem o senhor Bonnet da surdez; se oferecessem um bom almoço para a cidade inteira com cinco pães e três peixes; se livrassem dos espíritos malignos o senhor G... e o senhor F...[4], que têm certamente o diabo no corpo, ficaríamos muito satisfeitos com eles, e eles seriam altamente considerados. Mas limitam-se a querer ser os senhores, e é por isso que não o serão.

Fazem o que podem para arruinar nosso comércio de pensamentos, e para reduzir nossos pobres impressores à miséria. Fazem-no de duas maneiras: mandam imprimir suas obras, e tentam impedir que imprimamos as nossas. Não nos podendo mandar queimar, como a Servet e a Antoine[5],

....

2. A edição original, as de 1765, 1767, e a in-4º dizem *insuportáveis*. Na edição encadernada [*encadrée*] e nas edições de Kehl, lê-se *suportáveis*. (Nota de Beuchot.)

3. Nascido em 1679, e então com oitenta e seis anos, morto em 1767. Voltaire, na sua carta a Damilaville de 12 de outubro de 1784, diz ser ele o autor do artigo APOCALIPSE do *Dicionário filosófico*.

4. As iniciais G e F designam talvez Guyon e Fréron. (Nota de Beuchot.) – Talvez outros genebrinos.

5. Ver o capítulo VII do *Commentaire sur le livre Des délits et des peines* (*Comentário sobre o livro Dos delitos e das penas*).

cabalam continuamente para que se queime nossos livros instrutivos e edificantes; e encontram algumas cabeças emperucadas prontas a acreditar neles. Meus irmãos, que todos esses vãos esforços não vos impeçam jamais de continuar o comércio. Vivamos livres, defendamos nossos direitos, e bebamos do melhor.

Décima quarta carta
Ao senhor Covelle, cidadão de Genebra, do senhor Beaudinet, cidadão de Neufchâtel

Senhor,

Vossas cartas sobre os milagres, que tivestes a bondade de me enviar, fizeram-me dar boas risadas. Só aprecio a erudição quando temperada com um pouco de humor. Gosto bastante dos milagres: creio neles como vós e como todas as pessoas razoáveis. Por que uma serpente, uma jumenta, não teriam falado? Os cavalos de Aquiles acaso não falaram grego melhor que nossos professores de hoje? as vacas do monte Olimpo não exprimiram suas opiniões muito eloqüentemente? e *falar como uma vaca espanhola* não é um antigo provérbio? os carvalhos de Dodone tinham uma belíssima voz, e diziam oráculos. Tudo na natureza fala. E posso pressentir, senhor, que um bom almoço servido a quatro ou cinco mil homens com três trutas e cinco pães macios, e jarros de água transformados em garrafas de vinho de Engaddi, e de vinho de Bourgogne, agradam-vos ainda mais, e também a mim, que animais que falam ou que escrevem.

Quero crer nos milagres que o senhor Rousseau fez em Veneza[1]; mas confesso que creio mais firmemente nos do nosso conde de Neufchâtel. Resistir à metade da Europa e a quatro exércitos de cerca de cem mil homens cada; ob-

---

1. Ver uma de suas notas à terceira das *Cartas escritas da montanha*.

ter, no espaço de um mês, duas vitórias notáveis[2]; forçar os inimigos a estabelecer a paz; gozar sabiamente de sua glória: esses são verdadeiros milagres; e, se, depois disso, ele afogasse dois mil porcos com uma só palavra, eu dificilmente poderia estimá-lo ainda mais.

Regozijo-me que vosso consistório tenha renunciado ao magnífico desígnio de fazer vossos cidadãos ajoelharem diante dele. Se houvessem logrado essa pretensão, em breve vossos padres exigiriam que se lhes beijassem os pés como ao papa. Sabeis como se parecem com os amantes que tomam grandes liberdades quando lhes são concedidas pequenas.

Tivemos também em Neufchâtel nossas amofinações sacerdotais. É o destino da Igreja, porque a Igreja é composta de homens. Desde que Pedro e Paulo brigaram, a paz nunca imperou entre os cristãos. Espero que ela esteja reinando em Genebra junto com a liberdade; mas ela esteve a ponto de deixar Neufchâtel.

Bem sei que não nos podem acusar de havermos derramado sangue como os partidários de Atanásio e os de Arius, nem de nos havermos atacado com maças como os africanos discípulos de Donato, bispo de Tunis, que lutavam contra o partido de Agostinho, bispo de Hipona, maniqueu convertido cristão, e batizado com seu bastardo Deodato. Não imitamos os furores de são Cirilo contra aqueles que chamavam Maria de *mãe* de Jesus, e não de *mãe* de Deus.

Não imitamos a raiva dos cristãos que, esquecendo que todos os Santos Doutores haviam sido platônicos, foram à Alexandria, em 415, arrancar a bela Hipácia de sua cátedra, onde ela ensinava a filosofia de Platão, arrastaram-na pelos cabelos na praça pública e a massacraram sem que sua juventude, sua beleza, sua virtude, neles inspirasse o menor

----
2. As vitórias de Rosbach e Lissa, conquistadas pelo rei da Prússia.

remorso, pois eram conduzidos por um teólogo[3] que combatia Platão e Aristóteles.

Não tivemos dessas guerras civis que desolaram a Europa nesses vinte e sete cismas sangrentos produzidos por santos pretendentes à cátedra de são Pedro, a título de serem vicários de Deus e terem o direito de ser infalíveis. Não renovamos os horrores inacreditáveis dos séculos XVI e XVII, desses tempos abomináveis em que sete ou oito argumentos de teologia transformaram os homens em bestas ferozes, como outrora a teóloga Circe transformara os gregos em animais com algumas palavras.

Nossas querelas, senhor, foram apenas ridículas. Os espíritos de nossos predicantes começaram a inflamar-se, há quatro anos, a respeito de um pobre diabo de pastor rural, chamado Petit-Pierre, sujeito que conhecia perfeitamente a Trindade, e que sabia exatamente como o Espírito Santo procede, mas que errava *toto coelo* quanto ao capítulo do inferno.

Esse Petit-Pierre concebia muito bem como havia no jardim do Éden uma árvore que dava o conhecimento do bem e do mal, como Adão e Eva viveram aproximadamente novecentos anos por dela haverem comido; mas não podia digerir que fôssemos queimados para todo sempre por causa desse episódio. Era um homem de boa índole: entendia que os descendentes de Adão, tanto brancos quanto negros, vermelhos ou encinzeirados, barbudos ou imberbes, fossem danados durante sete ou oito mil anos, isso lhe parecia justo; mas, por toda a eternidade, com isso não podia concordar; achava, pelo cálculo integral, que era impossível, *data fluente*, que o erro momentâneo de um ser finito fosse castigado com uma pena infinita, porque o finito é zero com relação ao infinito.

A isso nossos predicantes respondiam que os caldeus, que haviam inventado o inferno, os egípcios, que o haviam

....
3. Santo Cirilo.

adotado, os gregos e os romanos, que o haviam aperfeiçoado (enquanto os judeus ignoravam-no totalmente), todos concordavam que o inferno era eterno. Citavam-lhe o sexto livro de Virgílio[4], e mesmo Dante. O senhor Petit-Pierre também proveu-se de algumas autoridades; recorreu-se à maneira de argüir de Rabelais[5]. A disputa foi-se inflamando; nosso augusto soberano fez o que pôde para apaziguá-la[6]; mas finalmente o senhor Petit-Pierre foi obrigado a ir buscar a salvação na Inglaterra, e nosso monarca teve a bondade de escrever que, já que nossos padres queriam absolutamente ser danados por toda a eternidade, achava muito bom que assim o fossem. Com o que também concordo de todo o coração, e que façam bom proveito.

Estando essa querela apaziguada, o senhor Jean-Jacques Rousseau, cidadão do burgo de Couvé na província de Motier-Travers, ou Moutier-Travers, sofreu uma outra que chegou às pedradas. Quiseram lapidá-lo como a Santo Étienne, embora ele não seja nem santo nem diácono; e dizem que o senhor de Montmolin, pároco de Moutier-Travers, apoderava-se dos mantos.

Eis, senhor, o motivo da disputa. Quando o senhor Jean-Jacques Rousseau, desesperando de se reconciliar com os homens, quis se reconciliar com Deus em Moutier-Travers, pediu nossa comunhão huguenote ao pastor Montmolin, que lhe concedeu a permissão de comer Jesus Cristo pela fé, no mês de setembro de 1761[7], com os outros eleitos do povoado. Sabeis como se come pela fé; tudo se passou às

....

4. Versos 616-617.
5. Panurge e Thaumaste, capítulo XIX de *Pantagruel*, livro II, argúem, isto é, argumentam por signos; mas trata-se aqui de gesticulações mais expressivas e mais teológicas. (Cl.)
6. Houve dois reescritos de Frederico sobre esse tema, um de 18 de outubro de 1760, e o outro de 14 de abril de 1761.
7. Quer dizer, no final de agosto de 1762. Ver, nas *Oeuvres de J.-J. Rousseau*, sua carta de 31 de agosto de 1762.

mil maravilhas. O senhor Jean-Jacques Rousseau confessa que chorou de alegria: também eu choro; e todos ficaram extremamente edificados.

Devemos dizer que o senhor Rousseau, que achara a música de Rameau e de Mondonville bem ruim em Paris, não ficou totalmente satisfeito com a nossa. Cantamos os dez mandamentos de Deus com a ária de *Acordai, bela adormecida*. Esta ária é simples e natural; mas não posso criticar o senhor Rousseau por ter dito modestamente ao senhor pastor Montmolin que se devia apressar um pouco o andamento dessa arieta, que de fato cantamos muito lentamente. O pastor, que se vangloria de seu gosto, ficou muito ofendido, e queixou-se talvez com demasiada amargura.

A querela tornou-se mais séria com várias cartas que vários ministros do santo Evangelho de Genebra escreveram ao ministro do santo Evangelho de Moutier-Travers, contra o senhor Jean-Jacques Rousseau. Enviaram-lhe algumas brochuras que haviam caridosamente lançado contra seu antigo concidadão, e censuraram o pastor por ter dado a comunhão a um homem que, na juventude, tivera entrevistas com um vigário saboiano.

Sabeis como o senhor de Montmolin, encorajado e iluminado pelos predicantes de Genebra, quis excomungar o senhor Rousseau no burgo de Moutier-Travers. O senhor Rousseau argumentava que uma entrevista com um vigário não era razão para que fosse privado da manducação espiritual; que jamais se excomungara Théodore de Bèze, que tivera entrevistas muito mais privadas com o jovem Cândido, para o qual fizera versos[8] que não valem os de Anacreonte para Bathylle; que, numa palavra, estando doente

....

8. Os versos de Th. de Bèze intitulam-se *Ad fibulam Candidae* (ao broche de Cândida). Sua amante, verdadeira ou suposta, era pois do sexo feminino. (Nota de Beuchot.)

e podendo morrer de morte súbita, queria absolutamente ser admitido à manducação de nosso país.

Implorou a proteção de milorde Maréchal[9], que tem por essa manducação grande zelo: o favor deste valeu-lhe o do rei. Sua Majestade, informada do desejo ardente que o senhor Jean-Jacques Rousseau tinha de comungar, e sabendo que não apenas o senhor Rousseau acreditava firmemente em todos os milagres, como ainda os fizera em Veneza, colocou-o sob a salvaguarda real: salvaguarda raramente eficaz, desde que o imperador Sigismundo, tendo protegido João Hus, deixou-o ser assado pelo piedoso concílio de Constância.

Nosso governador de Neufchâtel, mais sábio, mais humano e mais respeitoso que esse belo concílio, conformou-se plenamente à autoridade do soberano; publicou, em 1º de maio de 1765, um decreto pelo qual ficava proibido "molestar, perturbar, agredir de fato ou com palavras" o senhor Rousseau, seu vigário saboiano, e seu pupilo Emílio, o qual pupilo tornara-se um excelente marceneiro, muito útil para a comunidade de Moutier-Travers.

O senhor de Montmolin, seu diácono, e alguns outros devotos, pouco caso fizeram das ordens do rei e do decreto do conselho; responderam que mais vale obedecer a Deus do que aos homens[10], e que, se o conselho de Estado tem suas leis, a Igreja também tem as suas. Conseqüentemente, amotinaram todos os meninos da paróquia que, para obedecer a Deus de preferência ao rei, correram atrás de Rousseau, vaiaram-no e assobiaram-no de modo semelhante ao que se pratica em Paris contra um autor cuja peça fracassa.

....

9. George Keith, amigo de Frederico, que o nomeara governador de Neufchâtel; morreu como filósofo e homem de bem apenas alguns dias antes de Voltaire, em 25 de maio de 1778. (Cl.)

10. At 5, 29.

Fizeram mais: mal Rousseau acabara de voltar à sua pequena casa, na noite do dia 6 para o 7 de setembro; mal havia se deitado com sua criada, quer dizer o senhor Rousseau em sua cama, e a criada na dela, quando eis que uma chuva de pedras cai sobre sua casa, como caíra sobre os amorreus nos arredores de Ajalon, Gabaon e Bethoron, imediatamente antes de o sol deter-se; quebraram todas as vidraças e arrombaram as duas portas. Pouco faltou para que uma dessas pedras atingisse a têmpora do senhor Jean-Jacques, rompesse o músculo temporal e orbicular, passasse ao zigomático, e, pressionando o tecido medular do cérebro, enviasse o paciente declamar paradoxos no outro mundo: o que teria sido visto como um milagre evidente por todos os predicantes.

O senhor d'Assoucy não fugiu mais rápido de Montpellier[11] do que o fez o senhor Rousseau de Moutier-Travers.

Permiti, senhor, que termine aqui minha carta; o correio me apressa, concluirei a tempo de enviá-la pela primeira posta.

Tenho a honra de ser,

Senhor,
Vosso mui humilde e mui obediente
criado,
BEAUDINET.

---

11. Cf. a *Viagem de Chapelle e Bachaumont*.

Décima quinta carta
Do Senhor de Montmolin, padre, ao Senhor Needham, padre[1]

Boveresse, 24 de dezembro, ano da salvação de 1765.

Senhor,

Na condição de "possuidor de um caráter muito respeitável"[2], sendo predicante de Travers e de Boveresse, *a bovibus*[3], que são armas falantes, dirijo-vos estas linhas para dizer que, apesar da oposição de nossas duas seitas, a conformidade de nosso estilo me autoriza a usar convosco da lei do talião.

Sois padre papista, sou padre calvinista; aborreceste-me, e vou revidar.

Dir-vos-ei pois, senhor, que Jean-Jacques tendo feito milagres em Neufchâtel, intentei bravamente excomungá-lo; mas, como o senhor Jean-Jacques tem uma adoração extrema pela comunhão, quis absolutamente experimentá-la.

----

1. Esta carta era a décima nona em todas as edições anteriores às de Kehl. Se não a devolvi a seu lugar original, foi por temer falsear alguma referência. (Nota de Beuchot.)

2. P. 5 da informação apresentada ao público pelo professor de Montmolin. (Nota de Voltaire.)

3. Esse pretenso ablativo plural de *bos* era uma maliciosa facécia de Voltaire, que queria que Montmolin passasse por um latinista *arrevesado*. (Cl.)

Ele comungara pela primeira vez na cidade de Genebra, na qual vos encontrais, com os dois tipos de pão fermentado; em seguida foi comungar, com pão ázimo, sem beber, com os saboianos, que são todos profundos teólogos; depois retornou a Genebra para comungar com pão e vinho, depois foi à França onde teve a infelicidade de não comungar de modo algum, ficando a ponto de morrer de inanição. Por fim pediu-me a santa ceia, ou colação da manhã, de um modo tão instante que tomei o partido de lançar-lhe pedras para afastá-lo de minha mesa; foi em vão que ele me disse como o diabo no Evangelho: "Meu caro senhor de Montmolin, dizei a essas pedras que se transformem em pão"[4]; respondi-lhe: "Desgraçado, lembra-te que Jeová fez chover pedras sobre os amorreus[5] no caminho de Bethoron, e os matou a todos antes de deter o sol e a lua para matá-los de novo, e que Davi matou Golias a pedradas, e que os meninos e as meninas lançavam pedras em Diógenes, e que terás tua parte." Dito e feito; fi-lo lapidar por todos os meninos do povoado, como o senhor Covelle e a senhorita Ferbot vos contaram.

Ímpios, cujo número se multiplica a cada dia, escreveram que me apoderei do manto[6], como Paulo, o apóstolo[7]. Vede que malícia! está provado que não há outro manto além do meu em Boveresse e entre as pessoas de Travers. Esse manto não é certamente o de Eliseu[8], pois este tinha um espírito duplo; e vós e eu, senhor, o temos muito simples. Não quis, após esse feito, ordenar ao sol que se detivesse sobre o vale de Travers, e a lua sobre Boveresse, porque era noite, e porque não havia lua naquele dia.

....

4. Mt 4, 3; Lc 4, 3.
5. Js 10, 11-12.
6. Cf. p. 119.
7. At 7, 57.
8. 4 Rs 2, 9.

Ora, deveis saber, senhor, que Jean-Jacques tendo sido lapidado, o senhor du Peyrou[9], cidadão de Neufchâtel, jogou pedras no meu jardim; e ousou escrever que a lapidação não está mais em uso na nova lei, que esta cerimônia só era conhecida entre os judeus, e que conseqüentemente eu, padre da nova lei, errei fazendo com que lançassem pedras em Jean-Jacques, que é pela lei natural. Julgai, senhor, vós que sois bom filósofo, como esse raciocínio é ridículo.

O senhor du Peyrou foi educado na América; bem vedes que não pode estar a par dos usos da Europa. Pretendo mandar lapidar também a ele na primeira oportunidade, para ensinar-lhe o catecismo. Rogo-vos informar-me se a lapidação não é muito comum na Irlanda, pois nada quero fazer sem apoiar-me em grandes autoridades.

Não é verdade, senhor, que lançastes algumas pedras em vossa vida contra incréus, quando os encontrastes? Dizei-me, rogo-vos, o que aconteceu, e se isso os converteu.

Requisitei uma declaração de meu rebanho, atestando que eu era um homem de bem. Mas que o diabo me carregue se alguém disse uma só palavra de pedras ou de pedregulhos nesse atestado de vida e de costumes: o que muito me entristece, sendo para mim uma pedra de escândalo[10]: pois afinal de contas, senhor, a igreja de Jesus Cristo está fundada na pedra[11]; foi exclusivamente por Simon Barjone ter como apelido Pedro que os papas expulsaram outrora um imperador de Roma a pedradas; quanto a mim, estou completamente petrificado, desde que começaram a me acusar, e me obrigaram a escrever cartas que são a pedra de toque de meu gênio.

....

9. Pierre-Alexandre du Peyrou, americano, mas que se tornou burguês de Neufchâtel onde morreu em 1794, era um dos mais sinceros amigos do sublime e desconfiado Rousseau. (Cl.)
10. Rm 9, 33; Is 8, 14.
11. Mt 16, 18.

Sei que está dito no *Gênese*[12] que Deucalião e Pirra fizeram filhos enroscando-se e lançando pedras entre as pernas, e que eu poderia ter-me defendido citando essa passagem das Escrituras; mas disseram-me que, quando o senhor Jean-Jacques e sua criada se enroscam, não agem deste modo, e que eu nada ganharia com essa digressão.

Disseram-me que desde então Jean-Jacques recolhe todas as pedras que encontra em seu caminho para lançá-las ao nariz dos magistrados de Genebra; mas, pelas últimas cartas, fui informado que essas pedras se transformarão em pelotas de neve, e que tudo será abrandado pela alta prudência do pequeno e grande conselho, dos cidadãos e dos burgueses.

Se houver algo de novo a respeito das enguias e dos milagres, rogo-vos comunicar-me.

Dizem que as pessoas estão começando a pensar nas ruas altas e nas ruas baixas; isso me faz tremer; nós, padres, não gostamos que se pense; desgraçados os espíritos que se esclarecem! honra e glória aos pobres de espírito! Reunamo-nos ambos, senhor, contra todos aqueles que fazem uso da razão; após o que nos bateremos pelos absurdos recíprocos que nos dividem.

Tentai observar com vosso microscópio a estrela dos três reis que vai aparecer[13]; observar-la-ei por meu lado: beijo as mãos do boi e do jumento. Continuai a ser a pedra angular a Igreja da Irlanda, como eu sou a de Boveresse.

Sou o mais particularmente do mundo,

Senhor,
Vosso mui humilde e mui obediente criado,
MONTMOLIN.

....

12. Esta palavra designa aqui as *Metamorfoses* de Ovídio.
13. Isso parece indicar que esta carta, que, como disse, era a décima nona, foi escrita perto do dia 25 de dezembro. (Nota de Beuchot.)

Décima sexta carta

Pelo senhor Beaudinet, cidadão de Neufchâtel, ao senhor Covelle, cidadão de Genebra

Senhor,

No dia 9 de setembro pela manhã, encontrei em Neufchâtel o senhor pastor Montmolin. Não pude evitar exprimir-lhe minha surpresa a respeito da lapidação de Moutier-Travers. Respondeu-me que era seu direito e que os padres deviam punir os pecadores. "Pedro, disse ele, fez morrer de apoplexia Ananias e Safira[1], que não cometeram outro crime senão o de não haver depositado a seus pés até o último óbolo dos bens deles. É evidente que desde então os padres têm direito de vida e de morte sobre os leigos; e é em virtude desse privilégio divino que fomos durante muito tempo todo-poderosos no condado de Neufchâtel, na Escócia, em Genebra, e em vários outros países."

Recolhi-me um momento, temendo de encolerizar-me demasiado, e disse-lhe assim:

"Sei, senhor, que vos arrogastes em vosso país, no século passado, o direito de comutar as penas decretadas pelo conselho, e de impor multas pecuniárias; mas, em 1695, esses abusos intoleráveis foram abolidos pelo governo. Vossos pares tiveram a ousadia de sobrepor-se durante longo

---

1. At 4.

tempo ao conselho de Estado em Genebra; entravam no conselho sem fazer-se anunciar, sem pedir permissão; ditavam leis: reprimiram-se esses excessos; mas ainda não vos encerraram em vossos justos limites.

"Pensais pois que sacudimos o jugo dos bispos de Roma para adotarmos um mais pesado?

"Os assassinatos, os envenenamentos, os parricídios de Alexandre VI, a ambição guerreira e turbulenta de Júlio II, os deboches e as rapinas de Leão X revoltaram-nos: quebramos o ídolo; mas não tínhamos a intenção de adorar um outro.

For priests of all religions are the same.[2]

"Eh! quem sois afinal, vós, predicantes? Que tendes a mais que os leigos? Os apóstolos, o próprio Jesus, não eram leigos? Jesus acaso implantou alguma vez uma nova ordem num Estado? Ter-vos-ia enviado excluindo todos os outros cristãos? Mostrai-nos que descendência de padres, ordenados pelos apóstolos, transmitiu o Espírito Santo até vós, de cérebro em cérebro, de Jerusalém a Neufchâtel. De quem descendeis? do cardador de lã Jean Leclerc, queimado em Metz; de Jean Chauvin[3], que, tendo se livrado da fogueira, fez com que Michel Servet fosse lançado às chamas outrora acendidas para ele próprio; de Viret, impressor em Rouen; de Farel, de Bèze, de Crespin[4], que, não sendo padres, não haviam sido ordenados por ninguém; não puderam dar-vos o Espírito Santo, que não tinham, e não passaríeis de bastardos, se o voto das nações, se a sanção dos governos, não vos tivessem legitimado.

"Sois ministros como somos assistentes, lugar-tenentes, bailios, tesoureiros. Não temos mais esses títulos quando

---

2. Pois os padres de todas as religiões são todos iguais.
3. Calvino.
4. Jean Crespin ou Crispin nasceu em Arras, e morreu em Genebra em 1572.

não exercemos mais esses cargos. Um ministro é tão amovível quanto nós: nada lhe resta de seu caráter quando muda de estado.

"Acreditais sinceramente que as línguas de fogo[5] que desceram dos céus sobre a cabeça dos discípulos tenham vindo do século XVI descansar sobre a vossa? Nações sábias e ousadas esmagaram então sob os pés algumas das superstições que infectavam a terra; os magistrados deixaram-vos o cuidado de pregar aos povos; mas não pretenderam que uma cátedra se tornasse um tribunal de justiça.

"Não tendes, não deveis ter nenhuma jurisdição, nem mesmo em matéria de dogmas. Sabemos o que convém ensinar ou calar: cabe a nós prescrever-vos; cabe a vós obedecer ao governo. Só cabe à nação reunida, ou àquele que a representa, confiar um ministério, qualquer que seja ele, a quem bem lhe parecer. Tal é a lei no vasto império da Rússia, tal é a lei na Inglaterra; e é o único meio de deter vossas disputas, tão intermináveis quanto ridículas.

"Os gregos e os romanos jamais permitiram aos colégios dos padres que proclamassem artigos de fé. Esses povos sábios pressentiram que males provocariam decisões teológicas. Fecharam esta fonte de discórdia, que não jorrou senão entre nós, que correu com nosso sangue, e que inundou a Europa.

"Todo governo que dá poder aos padres é insensato; deve necessariamente perecer; e, se não é destruído, não deve sua conservação senão aos leigos esclarecidos que combatem a seu favor.

"Mas como! não tendo poder algum, tentais obtê-lo sublevando o populacho contra um cidadão! Isso não seria um abuso, seria um delito que o magistrado puniria severamente. Sabei que estamos de olhos abertos em Neufchâtel e alhures; sabei que começamos a distinguir a religião do

....
5. At 2, 3.

fanatismo, o culto de Deus do despotismo presbiteral, e que não pretendemos mais ser conduzidos, pelo cabresto, por pessoas a quem damos uma paga." (Servi-me, senhor, de vossas próprias palavras.)

Nessa ocasião eu não ironizava; não zombava. Há coisas das quais só podemos rir; há outras contra as quais devemos nos levantar com força. Zombai o quanto quiserdes de são Justino, que viu a estátua de sal na qual se transformou a mulher de Ló, e das celas dos Setenta, pretensos intérpretes dos livros judaicos. Ride dos milagres de são Pacômio, que o diabo tentava quando cavalgava, e dos de são Gregório Taumaturgo, que um dia se transformou em árvore. Não tenhais nenhum escrúpulo, adorando Deus e servindo ao próximo, em zombar das superstições que aviltam a natureza humana: ride das tolices; mas explodi contra a perseguição. O espírito perseguidor é inimigo de todos os homens: leva em linha reta ao estabelecimento da Inquisição, como o furto leva ao ladrão de estradas. Um ladrão só vos priva de vosso dinheiro; mas um inquisidor quer vos arrancar até os pensamentos: escruta vossa alma; quer encontrar nela motivo para fazer com que vos queimem o corpo. Li alguns dias atrás, num livro novo[6], que há um inferno, que ele existe na terra, e que os perseguidores teologais são os diabos.

Tenho a honra de ser,

Senhor,
Vosso mui humilde e mui obediente criado,
BEAUDINET.

....
6. *O catecismo do homem de bem.*

Décima sétima carta
Do proponente ao senhor Covelle

Senhor,

Ontem o senhor jesuíta irlandês Needham, indo às águas de Spa, veio fazer a corte à Sua Excelência, que o reteve para jantar. Admirai, rogo-vos, a educação do senhor e da senhora: havia um patê de enguias delicioso; deram ordens para que não fosse servido pois, desde algum tempo, o senhor Needham sente-se um pouco mal todas as vezes que se fala de enguias. Esta atenção encantou-me. Eis no que um rústico, como percebi ser, jamais haveria pensado. Nunca li tal coisa em certo catecismo[1], que não trata mais da educação do que da Trindade.

Pusemo-nos à mesa após termos beijado o vestido da senhora condessa, conforme o uso. O senhor Needham falou muito de vós; fez vosso elogio, pois, se a diversidade de vossas religiões vos separa, a conformidade de vossos méritos vos une. Sabeis que, durante um jantar, a conversa sempre muda de objeto; falou-se da senhorita Clairon[2], da loteria, da companhia das Índias da França, dos ingleses e da Amé-

....
1. *Catecismo familiar*, de Vernet.
2. Ela deixara o teatro em abril de 1765, e, perto do final do mês de julho seguinte, viera passar algum tempo em Ferney. (Cl.)

rica; o senhor conde dignou-se ler para nós uma longa carta que recebera de Boston, que vos apresento sucintamente: "Concluímos nos últimos tempos a paz com a nação dos savanois. Uma das condições era nos devolverem jovens ingleses, meninos e meninas que eles haviam capturado há alguns anos; essas crianças não queriam voltar para junto de nós. Não podiam separar-se de seus chefes savanois. Finalmente o chefe das tribos trouxe-nos ontem esses cativos, todos enfeitados com belas plumas, e nos fez o seguinte discurso:

'Aqui estão vossos filhos e filhas que vos estamos devolvendo; deles fizemos nossos filhos; adotamo-los assim que nos tornamos seus senhores. Estamos vos desenvolvendo vossa carne e vosso sangue; tratai-os com a mesma ternura com que os tratamos; sede indulgentes para com eles quando virdes que esqueceram entre nós vossos costumes e vossos usos. Possa o grande gênio que preside o mundo conceder-nos o consolo de beijá-los quando viermos até vossas terras gozar da paz que nos torna todos irmãos! etc.'"

Esta carta nos enterneceu a todos. O senhor Needham espantou-se que tanta humanidade pudesse animar o coração dos selvagens. "Por que os chamais de selvagens?, disse o senhor conde. São povos livres que vivem em sociedade, que praticam a justiça, que adoram o grande Espírito como eu. Acaso são selvagens porque suas casas, suas roupas, sua língua, sua cozinha, não se parecem com as nossas?

– Ah, senhor! – disse Needham –, bem podeis ver que são selvagens, já que não são cristãos, e que é impossível terem sustentado um discurso tão cristão sem um milagre. Estou persuadido de que esse chefe dos savanois era algum jesuíta irlandês disfarçado, que levou até eles as luzes da fé. A natureza humana por si só não é capaz de tanta bondade sem o auxílio de um missionário. Ou era um jesuíta que falava, ou Deus, por um milagre especial, iluminou repentinamente esses bárbaros. Como poderiam ter virtude, se não pertencem à minha religião?"

A senhora condessa percebeu perfeitamente com que tipo de homem estávamos tratando; mordeu seus belos lábios para abafar uma gargalhada, e, olhando o senhor Needham com bondade, pediu-lhe esclarecimentos. "Não lamentais, disse ela, toda esta América, por tanto tempo danada, assim como a China, a Pérsia, as Índias, a Grande-Tartária, a África, a Arábia, e tantos outros países?

– Desgraçadamente! sim, senhora; mas notai que todos esses povos só ficaram entregues ao diabo de pai para filho até a época em que nossos missionários foram até eles. Os espanhóis, por exemplo, só exterminaram a metade dos americanos para que pudéssemos salvar a outra com nossos milagres; até o momento só conseguimos instruir, no máximo, um homem em mil, mas é bastante, dado o pequeno número dos eleitos. Os americanos haviam todos pecado em Adão, assim não lhes devíamos nada; e, quando salvamos um, é por pura graça.

– De fato, meu caro senhor Needham, eles vos devem muito; mas como os africanos, os hurons e os savanois danaram-se em Adão? Como povos negros e com lã na cabeça, e povos sem barba, poderiam ter um pai branco, barbudo e cabeludo? e como os homens fizeram após o dilúvio para ir por mar para a América?

– Eh, senhora, acaso não tinham a arca? Não lhes era tão simples embarcar naquela nave quanto o fora a Noé ali reunir todos os animais da América, e alimentá-los durante um ano, juntamente com todos os da Ásia, África e Europa? Defrontam-nos todos os dias com essas pequenas dificuldades; mas respondemos de maneira vitoriosa, percebida por todas as pessoas de espírito. A objeção que os americanos não têm barba, e que os negros não têm cabelos, reduz-se a pó: não vedes, senhora, que é um milagre perpétuo? Essas nações são como os judeus; fedem como bodes, e entretanto Abraão, seu pai, não fedia; as raças podem mudar como punição a algum crime. É evidente que, na África, os povos do Congo e da Guiné só possuem uma membrana negra sob a pele, e sua cabeça só é provida de lã negra porque o patriarca Cam viu seu pai sem calças na Ásia.

— O que dizeis é muito judicioso e muito plausível — disse o senhor conde — entretanto, não posso conceber que Abraão cheirasse tão bem quanto dizeis; viajava a pé com sua jovem esposa de setenta e cinco anos, por regiões bem quentes, e duvido que tivessem uma grande provisão de água de lavanda; mas esta questão é um pouco alheia ao belo discurso de meus caros savanois. Tendes certeza absoluta que foi um padre irlandês que lhes ditou esse discurso virtuoso e enternecedor que me encantou?

— Absoluta, senhor; estou qualificado para saber de todas essas coisas, como o disse num escrito que foi muito apreciado até pelos próprios heréticos. Santo Agostinho declara expressamente que é impossível que pagãos tenham a menor virtude. Suas boas ações, diz ele, não passam de pecados esplêndidos, *splendida peccata*; donde se segue que Cipião, o africano, não passava no fundo de um mestrezinho debochado; Catão de Utica, um voluptuoso enlanguescido no prazer; Marco Antônio, Epiteto, uns velhacos.

— Eis uma vigorosa demonstração, e furiosamente consoladora para o gênero humano — respondeu com meiguice o senhor conde —; vossas pessoas de bem não têm a mesma têmpera dos falsos sábios da antiguidade. Por certo, meu caro Needham, quando vós, irlandeses, degolaram, sob Carlos I, oitenta mil protestantes, número que foi reduzido para quarenta mil, no máximo, pelos últimos cálculos, praticastes a caridade cristã em todo seu esplendor.

— Compreendestes perfeitamente, senhor; os eleitos jamais devem poupar os reprovados. Vede os cananeus; estavam sob o anátema: Deus ordena aos judeus de massacrá-los todos sem distinção de sexo nem de idade, e, para ajudá-los nessa operação santa e sacramental, faz remontar o grande rio Jordão em direção à nascente, cair as muralhas ao som da trombeta, detém o sol (e mesmo a lua, que esqueci no meu douto escrito); nenhum assassinato foi executado pelos israelitas, nenhuma perfídia foi cometida sem ser justificada por milagres.

"O próprio Jesus não disse no Evangelho que veio trazer o gládio e não a paz[3], que veio separar o pai, o filho, a mãe e a filha? Quando matamos tantos heréticos, não era de nossos filhos e de nossas mulheres o sangue que derramávamos; ainda não atingimos a precisão da lei. Os costumes se deterioraram bastante desde esses tempos felizes. Limitamo-nos hoje a pequenas perseguições das quais na verdade não vale a pena falar. Entretanto os perseguidos de nossa época gritam como se estivessem na grelha de são Lourenço ou na cruz de Santo André. Os costumes degeneram, a moleza se insinua, pode-se perceber todos os dias. Não vejo mais aquelas perseguições vigorosas, tão agradáveis ao Senhor; acabou-se a religião!

"Velhacos restringem-se insolentemente à adoração de um Deus autor de todos os seres, Deus único, Deus incomunicável, Deus justo, Deus recompensador e vingador; Deus que imprimiu em nossos corações sua lei natural e santa; Deus de Platão e de Newton, Deus de Epiteto, e daqueles que protegeram a família de Calas contra oito juízes[4] bons católicos. Adoram esse Deus com amor, amam os homens, são benévolos: que absurdo e que horror!

– Ah! isso é revoltante – interrompeu a senhora condessa. O enguieiro, aplaudido, continuou assim:

....
3. Mt 10, 34, 3.
4. Cf. p. 114.

"Tive uma violenta discussão alguns dias atrás com um celerado[5] que, em vez de assistir a minha missa, houve por bem socorrer uma pobre família aflita, tirando-a do estado mais deplorável. Quis fazê-lo voltar a si; falei-lhe do *Gênese* e de Moisés. E não é que esse homem abominável põe-se a me citar Newton, e a me perguntar se o *Gênese* não fora escrito na época dos reis judeus? O belo motivo de sua dúvida é que no capítulo XXXVI, versículo 31, os que lêem o *Gênese* atentamente (e que são pouquíssimos) encontram as seguintes palavras:

'Eis os reis que reinaram na terra de Edom antes que as crianças de Israel tivessem reis.'

"Este impudente ousou dizer-me: 'É pois provável que Moisés tenha suposto haver reis israelitas na sua época? Não os houve, contando com precisão, senão setecentos anos depois. Não seria como se fizéssemos Políbio dizer: *Eis os cônsules que estiveram à cabeça do senado antes que houvesse imperadores romanos?* Não seria como se fizéssemos Gregório de Tours dizer: *Foram esses os reis da Gália antes que a casa da Áustria estivesse no trono?* – Eh! animal estúpido, respondi-lhe, não vedes que se trata de uma profecia, que nisso consiste o milagre, e que Moisés falou dos reis de Israel como que penetrando o futuro: pois no final das contas o nome Israel é caldeu, e não foi adotado pelos judeus senão muitos séculos depois de Moisés: logo, Moisés escreveu o *Pentateuco*, logo, tudo o que não era judeu foi danado até o reinado de Tibério; logo, a redenção tendo sido universal, a terra inteira, exceto nós, está danada.'

"O monstro ainda não se deu por vencido; ousou dizer-me que, segundo os melhores teólogos, não importa que tenha sido Moisés ou um outro que escreveu o *Pentateuco*, con-

---

5. Epíteto teológico com o qual se designa o protetor dos Calas. (Cl.)

tanto que o autor fosse inspirado; que é impossível que ele tenha concedido quarenta e oito cidades aos levitas numa época em que os hebreus não tinham nenhuma, e numa região em que não havia nem seis; que é impossível que tenha falado do dever dos reis numa época em que não havia reis; que é impossível que tenha contradito grosseiramente a geografia e a cronologia, as quais são muito acertadas caso o livro tenha sido escrito em Jerusalém, e que são errôneas se se supõe que o livro tenha sido escrito por Moisés para além do Jordão.

"Concordei com os fatos; mas provei-lhe que era um ímpio, porque concordava com Leclerc e Newton. Demostrei-lhe que era provável que o dilúvio tivesse ocorrido em 1656, como diz o hebreu, e em 2262, como dizem os *Setenta*, e ainda em 2309, segundo o texto samaritano[6]. Finalmente, misturando amabilidade e argumentos, converti-o."

Assim falou Needham; batemos as mãos a esse discurso, soltamos exclamações, nadamos em alegria, bebemos à sua saúde. "Que bela coisa, dizíamos, que é a teologia! Como ensina a raciocinar com justeza! como abranda os costumes! como é útil ao mundo!"

Nossa alegria foi entretanto um pouco perturbada pelo abuso que o senhor Needham fez de seu triunfo. Dirigiu-se a mim; reprovou-me as variações da igreja protestante. Não pude conter-me e repliquei. "Concordo, disse-lhe, que mudamos onze ou doze vezes de doutrina; mas vós, papistas, mudastes mais de cinqüenta vezes, desde o primeiro concílio de Nicéia até o Concílio de Trento.

....

6. Gregório de Tours, citado um pouco acima, pretende que dois mil duzentos e quarenta anos decorreram entre a criação e o dilúvio, no que ele estaria mais ou menos de acordo com os *Setenta*, que, segundo alguns eruditos, contam dois mil duzentos e quarenta e dois anos, em vez de dois mil duzentos e sessenta e dois. Quanto ao proponente Voltaire, estamos convencidos de que não concordava com ninguém. (Cl.)

— É o caráter da verdade — exclamou —; ela se mostra para nós sob cinqüenta faces diferentes; mas para vós, heréticos, o erro só pode mostrar-se sob onze ou doze rostos. Bem vedes nossa prodigiosa superioridade."

Estávamos nas frutas, e todos de muito bom humor, quando um barão alemão fez várias perguntas ao erudito; perguntou, entre outras coisas, se fora o diabo que levara Jesus Cristo ao teto do templo e ao topo da montanha, ou se fora Jesus Cristo que levara o diabo. "Foi evidentemente o diabo — disse Needham; não vedes que, se o senhor tivesse levado o criado, não haveria nisso nenhum milagre; ao passo que, quando o criado leva o senhor, o diabo leva Deus, temos a coisa mais miraculosa que jamais existiu? Não apenas ele transportou Deus ao topo de uma montanha da Judéia de onde se podem avistar, como sabeis, todos os reinos, como propôs a Deus adorá-lo. Isso é o máximo, é isso que deve encher de admiração! Lede a esse respeito Dom Calmet: é o mais perfeito de todos os comentadores, o inimigo mais sincero de nossa miserável razão humana. Fala desse episódio como de seus vampiros. Lede Dom Calmet, digo-vos, e tirareis grande proveito."

Havia ali um inglês que ainda não falara nem rira; mediu com um olhar a figura do pequeno Needham com um ar de espanto e desprezo, mesclado com um pouco de cólera, e disse-lhe em inglês: "Do you come from Bedlam, you, booby[7]!"

Essas palavras terríveis confundiram o pobre padre. Tivemos pena dele; deixamos a mesa.

Adeus, senhor; caso-me dentro de oito dias, e convido-vos para as núpcias.

---

7. Mas sois de Bedlam, paspalho!

Trecho selecionado[8]

Do *Projeto das notas instrutivas, verídicas, teológicas, históricas e críticas, sobre certas brochuras polêmicas de nossa época, dirigidas aos dignos editores das doutas obras do proponente.*

> 'Twas granted, tho', he had much wit, etc.[9]
> (*Hudib.*)

O que se explicita assim em grego[10] com bem mais energia e precisão que em inglês etc.:

> Λέγουσὶν αἱ γυναῖκες
> Ἀνακρέων γέρων εἶ.
> (Anacreonte)

....

8. A brochura de 1769, da qual falei em minha Nota (p. 28), contém, como disse, *Observações sobre a décima sexta carta do proponente* (hoje décima sétima). Parece que em 1765 essas *Observações* haviam sido publicadas com o título de *Projeto de notas*, nome que conservam nas edições de 1765 e 1767 da *Coletânea das cartas*. Needham não protestou contra essas edições; mas suprimiu, em 1769, os versos ingleses e os versos gregos.

O opúsculo completo de Needham estava colocado, nas edições de 1765 e 1767, após a vigésima e última carta. Foram os editores de Kehl que, limitando-se a uma seleção, colocaram-no onde está hoje. (Nota de Beuchot.)

9. *Entretanto, consideravam-no muito espirituoso.* Esses versos ingleses querem dizer que o senhor Covelle pai não tem espírito. Ah, senhor Needham, acaso seria espírito o que se requer em matérias tão graves? Eis a mania do século: só pensais em ser divertido; sacrificais tudo por uma zombaria. Não é assim que pensa o senhor Covelle, quando defende a religião contra vossas enguias. Não procura o espírito, contenta-se com ter razão, e cede-vos o mérito da eloqüência e das graças. (Nota de Voltaire.)

10. Os versos gregos que Needham cita significam que o pai do senhor Covelle, que elaborou com o senhor seu filho as cartas precedentes, é um velhote de oitenta e dois anos que está gagá. Francamente, senhor Needham, que grosseria reprovar a um pobre homem sua idade. (Id.)

Aquele grande homem que dirige a sábia pena do proponente; aquele, dizem, que protege a inocência oprimida contra oito juízes *bons católicos*, com o auxílio e a aprovação de todos os *maus católicos* etc.[11]

São Paulo, assim como o Evangelho, afirma expressamente que "cada qual será julgado na vida futura pela lei que conhece[12], conforme o peso e a medida de seus talentos, e não pela lei que não conhece...".

Enguieiro, apelido zombeteiro inventado pelo proponente para exprimir um observador microscópico dos pólipos, enguias e outros animálculos aquáticos. Mas seria também uma boa zombaria ou apenas uma tolice quando, para apoquentar um Gregório Taumaturgo, em vez de dizer-se que seu cajado, fincado na terra, transformou-se em arbusto, afirma-se que, segundo a lenda, o próprio santo metamorfoseou-se em árvore?[13]...

....

11. Como, seu miserável, ousais dizer que apenas maus católicos justificaram Jean Calas, recuperaram sua memória, e declararam sua família inocente! Eu vos mandaria açoitar em praça pública.

(Esta nota é de um juiz de requerimentos que, de passagem pela cidade de Genebra, leu este panfleto em casa da senhorita Noblet, e escreveu essas palavras nas margens.) (Nota de Voltaire.)

12. Mas fora da igreja não há salvação. Hem?! e todas as crianças mortas sem batismo danadas, segundo Santo Agostinho, na sua carta CCXV. Hem?! (Id.)

13. Meu pobre enguieiro, sois um ignorante, falsificais sempre as Sagradas Escrituras e a *História eclesiástica*. Lede Gregório de Nysse, lede suas próprias palavras traduzidas por Fleury, liv. VI. Eis o que encontrareis:

"Os perseguidores seguiram Gregório em grande número, e tendo descoberto o lugar em que estava escondido, uns se puseram a vigiar a passagem do vale, outros a procurar por toda a montanha. Gregório diz a seu diácono que se ponha em preces com ele, e que tenha confiança em Deus. Ele mesmo começou a orar, conservando-se de pé, com as mãos estendidas, e olhando o céu fixamente. Os pagãos, tendo corrido toda a montanha, e visitado todas as rochas e todas as cavernas, retornaram ao vale, e disseram nada haver encontrado além de duas árvores bastante próximas uma da outra. Quando se retiraram, aquele que lhes tinha servido de guia foi até o local e encontrou o bispo e seu diácono imóveis em oração, no mesmo lugar em que os outros diziam ter visto as árvores."

Nunca te livrarás do ridículo com o qual teu adversário te cobre aos olhos de todas as *palradoras* de Genebra[14]... *Trecho selecionado de uma descrição exata*[15] *dos estabelecimentos na América*[16]... Eis os santos de nosso douto, , humano e meigo proponente[17]...

....

Bem vedes que não foi o cajado de Gregório que se transformou em árvore, mas o próprio Gregório e seu diácono.

Ficaríeis bem mais espantado se soubésseis que Gregório Taumaturgo escreveu um dia ao diabo, a quem a carta foi precisamente endereçada. Lede a *História eclesiástica*, digo-vos, para *qualificar-vos* em vosso ofício. (Nota do senhor professor Croquet.) (Nota de Voltaire.)

14. Palradoras, as senhoras de Genebra! O senhor Needham é extremamente amável! (Esta observação é da senhorita Noblet.) (Id.)

15. Quem te disse que essa descrição é exata? de que lamaçal extraíste esses horrores? acreditas de fato defender tua causa caluniando a natureza humana? (Nota do senhor du Peyrou, que conhece melhor a América que tu.) (Id.)

16. Após o *Projeto de notas etc.*, Needham acrescentara um folheto de algumas páginas com o título de *Trecho selecionado de uma descrição exata etc.*, em que se descreve a conduta bárbara dos selvagens com seus prisioneiros. (Nota de Beuchot.)

17. Advertência a Needham. Meu amigo, dir-te-emos, pela última vez, que teus pares sempre agem contra a religião quando a desonram e desfiguram. O proponente, e o senhor du Peyrou, e o senhor Covelle, e o senhor Beaudinet, não são aborrecidos como tu, mas são melhores cristãos. (Nota do senhor Covelle.) (Nota de Voltaire.)

Décima oitava carta

Do senhor Beaudinet ao senhor Covelle

Neufchâtel, neste primeiro de dezembro do ano da salvação de 1765.

Meu caro senhor Covelle, felicito-vos por não terdes sido lapidado como nosso amigo Jean-Jacques. Vencestes todas as vossas provas; vosso nome passará à última posteridade juntamente com o de vossos ancestrais que se tornaram ilustres para sua pátria no dia[1] da escalada; mas vós os ultrapassareis tanto quanto a filosofia do século presente ultrapassa a superstição do século passado. O Covelle da escalada não matou senão um saboiano, e vós resististes a cinqüenta padres. A senhorita Ferbot está absolutamente radiante; é o mais belo triunfo que jamais se obteve. O grande imperador Henrique IV esperou três dias, descalço e em mangas de camisa, para que o padre Gregório VII se dignasse permitir que ele se ajoelhasse diante dele. Henrique IV, rei da França, maior ainda, fez com que o açoitassem pelo penitenciário do padre Clemente VIII, nas nádegas de dois cardeais seus embaixadores; e vós, meu caro Covelle, mais corajoso e mais feliz que esses dois heróis, não flexionastes indignamente os joelhos perante homens pecadores.

....

1. O dia significa aqui a noite do 21 ao 22 de dezembro de 1602.

Mas cuidai que vossos padres não voltem à carga: eles nunca abandonam suas pretensões. Um padre que não governa acredita-se desonrado. Eles se juntam em meu país, ora aos magistrados, ora aos cidadãos; dividem-nos para tornarem-se senhores: os vossos são poderosos em obras e em palavras. Se Jean-Jacques Rousseau fez milagres, eles também os fazem. Estão associando-se com o douto jesuíta irlandês Needham; aproximar-se-ão de vós lentamente, cobertos com uma pele de enguia; mas serão, no fundo, verdadeiras serpentes, mais perigosas que a de Eva, pois essa fez comer da árvore da vida, e os vossos vos farão morrer de fome perseguindo-vos. Eis o que vos aconselho; tornai-vos padre para combatê-los com armas iguais.

Assim que fordes padre, recebereis o espírito como eles; podereis então tornar-vos profeta, como De Serres[2] e Jurieu foram.

Se vos caírem nas mãos algum Servet e algum Antoine[3], vós os mandareis queimar santamente, gritando contra a Inquisição dos papistas. Se alguém do consistório não for de vossa opinião, tereis o direito de aplicar-lhe uma boa bofetada, como o profeta Sedecias ao profeta Miquéias dizendo-lhe: "Adivinha como o espírito de Deus passou por minha mão para ir até vossa bochecha."[4]

Se o jesuíta Needham acusar-vos de serdes herético, respondereis que a metade dos profetas do Senhor era natural da Samaria, que era o centro da heresia, a mãe do cisma, a Genebra da antiga lei.

Quando algum infiel vos falar de vossos amores com a senhorita Ferbot, citareis Oséias, que, não apenas teve três

....

2. Jean de Serres, irmão mais novo do célebre agrônomo Olivier de Serres. Voltaire fala deste velho huguenote no capítulo XXXVI do *Século de Luís XIV*; morreu em 1598.
3. Ver o parágrafo VII do *Comentário sobre o livro dos delitos e das penas*.
4. 3 Rs 22, 24. (Nota de Voltaire.)

filhos com uma moça de vida fácil chamada Gomer, por ordem expressa do Senhor[5], como em seguida recebeu uma nova ordem expressa do Senhor de deitar-se com uma mulher adúltera mediante quinze francos da moeda corrente e um quarteirão e meio de cevada. Restará discutir quem era a mais bonita, se a senhorita Gomer ou se a senhorita Ferbot. Rogai ao senhor Huber que a pinte, e certamente a senhorita Ferbot terá precedência.

Se aspirais a novas boas fortunas, saí completamente nu pelas ruas de Genebra, como Jeremias pelas ruas de Jerusalém, e vos cobrireis de glória perante as moças: elas aproveitarão esse momento para dançar igualmente nuas em torno de vós, a fim de se conformarem às idéias de Jean-Jacques em seu belo romance *Heloísa*; elas vos darão beijos acres. Nada será mais edificante.

Quando tiverdes alcançado uma honrosa velhice em vosso cargo importante, estareis calvo. Se então os filhos de um conselheiro ou de um procurador geral vos chamarem de bola de bilhar, seja no caminho de Chesne, seja na estrada de Carouge, não perdereis a oportunidade de mandar descer da montanha de Salève dois grandes ursos[6]; e tereis a satisfação de ver devorar os filhos de vossos magistrados: o que deve ser um santo consolo para todo verdadeiro padre.

Por fim, espero que sejais transportado ao céu num carro de fogo puxado por quatro cavalos de fogo, segundo o costume. Se isso não acontecer, dir-se-á pelo menos que aconteceu, o que dá absolutamente no mesmo para a posteridade.

Tornai-vos pois padre, *si vis esse aliquid*. Entrementes contribuí com vossas luzes, vossa eloqüência, e com a ascendência que tendes sobre os espíritos, para acalmar as pequenas dissensões que se levantam em nossa pátria, e

---

5. Os 1, 3. (Nota de Voltaire.)
6. 4 Rs 2, 24.

para conservar sua preciosa liberdade, o mais nobre e precioso dos bens, como diz Cícero.

Já ia esquecendo de vos dizer que nos perguntaram ontem porque em certos países, como por exemplo na Irlanda, zombam freqüentemente dos padres e respeitam sempre os magistrados: "É, respondeu o senhor du Peyrou, porque respeitam as leis e zombam das fábulas."

Tenho a honra de ser cordialmente,

Senhor,
Vosso mui humilde e mui obediente criado,
BEAUDINET.

Décima nona carta
Do senhor Covelle ao senhor Needham, o padre

Como sabeis, senhor, que no primeiro jantar que partilhamos junto à senhorita Ferbot, adverti-vos que vos acusavam de algumas pequenas impiedades. Aborrece-me que tenhais dado azo a isso; em breve tornar-me-ei padre, como o senhor Beaudinet me aconselhou. Como podeis ver meu primeiro dever será então perseguir-vos. Poupai-me essa dor; e, se tendes a infelicidade de não ser ortodoxo, isto é, se não concordais com a minha opinião, não ofendais ao menos as orelhas devotas com expressões libertinas.

Como pudestes dizer, senhor, que há erros de copista no *Pentateuco*?[1] Isso é falar contra vossa consciência, é justificar a opinião de todo o universo de que sois jesuíta. Bem compreendeis que um livro divinamente inspirado deve ter sido divinamente copiado. Se afirmais que os escribas cometeram vinte erros, estareis dizendo que poderiam ter cometido vinte mil. Dais a entender que o espírito divino abandonou esse livro sagrado aos erros dos homens; conseqüentemente vós o submeteis à crítica como os livros comuns; não é mais, segundo vós, uma obra respeitável; destruís o fundamento de nossa fé.

....

1. P. 2 de vosso admirável *Projeto de notas instrutivas, verídicas, teológicas, críticas, cômicas e soporíficas*, para as quais estais qualificado. (Nota de Voltaire.)

Acreditai-me, senhor; quem quer os fins quer os meios. Se Deus falou nesse livro, não poderia tolerar que nenhum homem pudesse fazê-lo falar de modo diferente daquele em que se exprimiu.

Chamais aqueles que examinam o Antigo Testamento de "dom Quixotes que lutam contra moinhos de vento"[2]. Ah, senhor, as Sagradas Escrituras, moinhos de vento! que comparação! que expressão! A senhorita Ferbot, que é filha de um moleiro, e que se interessa vivamente pelos moinhos e pela verdade, ficou extremamente escandalizada. Além disso, meu caro Needham, que tendes a ver com tudo isso? Já vos disseram; não vedes que tudo isso é uma querela política entre Jean-Jacques Rousseau, o senhor Beaudinet e eu, de um lado, e o consistório de Neufchâtel, do outro? Em vez de apaziguar a querela, atacais a cronologia da Bíblia. Eis o que dizeis em vossa brochura:

"A *Vulgata* fixa o dilúvio[3] no ano do mundo de 1656, os *Setenta* em 2262, e o *Pentateuco* samaritano em 2309."

Donde concluís que desses três exemplares do Antigo Testamento, há dois que são visivelmente errôneos; pareceis duvidar do terceiro; lançais uma incerteza escandalosa acerca da história do dilúvio; e porque chove apenas trinta polegadas de água no máximo em um cantão nos anos mais abundantemente pluviosos, pareceis concluir que o globo não poderia ter sido coberto, em sua totalidade, por vinte mil pés de água de altura.

Eh! senhor, estaríeis vos esquecendo das cataratas? Estaríeis vos esquecendo que as águas superiores haviam sido separadas das águas inferiores? e acaso deveríeis negar o dilúvio porque estando qualificado, como dizeis, para conciliar o texto hebreu, o texto dos *Setenta*, e o samaritano, não pudestes realizar tal tarefa, o que entretanto é a coisa mais fácil do mundo?

....
2. P. 2. (Nota de Voltaire.)
3. Cf. p. 138.

Duvidais, dizeis[4], que o dilúvio tenha sido universal, e que todos os animais da América tenham podido embarcar na arca. Não podeis compreender que oito pessoas possam ter dado, durante todo um ano, à prodigiosa quantidade de animais encerrados nessa arca, os diferentes alimentos que lhes são apropriados. Não tendes vergonha de lançar tais escrúpulos em almas frágeis? E acaso não sabeis de que oito pessoas engenhosas são capazes numa economia caseira?[5]

Eis-vos ainda bem embaraçado contando os anos desde que Moisés falou ao faraó até os fundamentos do templo lançados por Salomão. Achais, e supondes que seja o justo, entre esses dois eventos, quinhentos e trinta e cinco anos; e ficais todo exasperado que o texto diga que só houve quatrocentos e oitenta anos desde a embaixada de Moisés ao faraó até o ano em que Salomão lançou os fundamentos do templo.

Sublinhais que Esdras conta quarenta e dois mil trezentos e quarenta e um israelitas libertos da cativdade, e que por vossa própria conta não passam de vinte e nove mil oitocentos e dezenove.

Lembrai-vos, senhor, que a senhorita Ferbot perguntou-vos, durante o jantar, que idade tinha Dina, filha de Jacó, quando foi violada pelo amável príncipe dos siquemitas? "Dezesseis anos, respondestes, conforme o cálculo do judicioso Dom Calmet." A senhorita Ferbot, que calcula às mil maravilhas[6], levantou-se da mesa, pegou uma pena e tinta, fez as contas em dois minutos, e provou-vos que Dina não tinha mais que seis anos. Respondestes que ela era bem desenvolvida para a idade; mas, senhor, deveríeis demonstrar

....

4. Cf. p. 133.
5. Cf. o artigo DILÚVIO UNIVERSAL das *Oeuvres complètes de Voltaire*, Garnier Frères, Libraires-Éditeurs, Paris, 1879.
6. Catherine Ferbot era conhecida também no universo pelo seu amor ao dinheiro. Ver, no final do III canto da *Guerra civil de Genebra*, como ela foi milagrosamente ressuscitada por um inglês herético. (Cl.)

que ela tinha dezesseis anos, sem o que arruinais toda a história dos patriarcas.

Pois, senhor, se Dina não tinha senão seis anos quando foi violada, Rubem só podia ter treze, e Simeão doze, quando passaram todos os siquemitas a fio de espada após tê-los circuncidado. Pensais resolver o problema dizendo que, na raça de Jacó, *o valor* das moças e dos rapazes não corresponde ao número de anos?[7]

O senhor proponente Théro, que no fundo é um bom cristão, apesar de não gostar de Atanásio, acha extremamente malsão que digais que toda essa antiga cronologia está errada, assim como os outros cálculos. Acaso seríeis um maligno, senhor Needham? São Lucas[8] diz que Augusto fez um recenseamento da terra inteira, e que Cirino era governador da Síria quando Jesus veio ao mundo; e vós protestais que há um vício de escrivão nessa passagem, que jamais Augusto fez um recenseamento do império, que nenhum autor fala disso, que nenhuma medalha o atesta, que Cirino não foi governador senão dez anos após o nascimento de Jesus. Tudo isso é verdade, senhor; mas não cabe a vós dizê-lo.

Abandonai vossa cronologia e vossos cálculos; não suputeis mais se Davi recolheu, na pequena região da Judéia, um bilhão ou cento e dez milhões de libras esterlinas em moeda sonante; e se Saul tinha trezentos e sessenta mil homens de tropas em campanha, e Salomão quatrocentos e quarenta mil cavalos; isso é absolutamente alheio à moral, à virtude, ao amor da pátria, que são nosso único interesse.

Pretendeis que existem erros nas cópias dos Evangelhos, porque Mateus faz com que a sagrada família fuja para o Egito, e Lucas a faz permanecer em Belém; porque João faz com que Jesus pregue três anos, e os outros ape-

---

7. Versos do *Cid*, ato II, cena II.
8. Lc 2,1.

nas três meses; porque Mateus e os outros não concordam nem quanto ao dia da morte, nem quanto às aparições, nem quanto a um grande número de outros fatos. Ah!, senhor Needham, não cessareis de dissecar o que é preciso respeitar? Não vedes que esses livros foram escritos em diferentes épocas e em diferentes países, que só começaram a ser conhecidos sob Trajano, e que se há erros nos detalhes, deve-se desculpá-los caridosamente, e não os escancarar aos olhos dos fiéis como fazeis?

Cessai, rogo-vos, de caluniar meus caros savanois; não digais mais que tão boas pessoas são antropófagas. Não concluais, do fato de os judeus terem outrora comido homens[9], que os savanois também os comem. É como se disséssseis que eles têm trinta e duas mil virgens num de seus povoados, porque Moisés encontrou trinta e duas mil virgens num povoado madianita.

Não chameis as senhoras de Genebra, que zombam de vós, de *palradoras*[10]; nunca se deve insultar as senhoras, isso é coisa de um homem mal educado. Se as senhoras zombam de vós, deveis admitir a zombaria, e agradecê-las pelo trabalho que se dignam ter. Considerai que as senhoras constituem a metade do gênero humano, que os zombadores constituem a outra metade, e que só vos restariam vossas enguias: o que é um débil recurso para estabelecer o papismo em Genebra, como vos acusam de querer fazer.

Vede que contradição seria querer destruir as Sagradas Escrituras com uma mão, e introduzir o papismo com a outra. Dizeis que este mundo não passa de um amontoado de contradições; que nosso amigo Jean-Jacques sempre se contradisse; que escreveu contra a comédia fazendo comédias; que ridicularizou os milagres de Jesus Cristo, e que fez mila-

....

9. Ez 39, 20.
10. *Notas instrutivas, verídicas, teológicas,* e soporíferas de meu caro amigo Needham. (Nota de Voltaire.)

gres em Veneza; que ora justificou alguns padres contra a *Enciclopédia*, e que ora os vilipendiou; que dedicou uma brochura à sua cara república de Genebra, e que depois imprimiu que seus caros magistrados são tiranos, e o conselho dos duzentos uma assembléia de tolos; que fez o elogio do padre Montmolin, chorou de alegria comungando pela mão do padre Montmolin, jurou ao padre Montmolin escrever contra o autor *Do espírito*[11], que fora seu benfeitor, e que se fez em seguida lapidar numa querela com o dito padre Montmolin. Desgraçadamente! senhor, tendes razão. As leis se contradizem muitas vezes. Os maridos e as mulheres passam a vida se contradizendo. Os concílios se contradisseram; Agostinho contradisse Jerônimo; Paulo contradisse Pedro; Calvino contradisse Lutero, que contradisse Zuingle, que contradisse Oecolampade etc. Não existe ninguém que não tenha experimentado contradições em casa de seus pais e no próprio coração.

Contar-vos-ei um bom segredo para nunca vos contradizerdes: nunca dizer absolutamente nada.

Fiquei sabendo que pretendeis não ter dito nada daquilo de que vos estou acusando nesta carta, e que vosso argumento é não saberdes uma só palavra de todas essas coisas. Concordo que nada sabeis, mas é precisamente por isso que delas falastes.

Serei sempre, sem me contradizer, vosso bom amigo,
COVELLE.

....

11. Rousseau atacou efetivamente a obra de Helvetius; mas logo parou de refutá-lo (aproximadamente no final de 1758 ou no começo de 1759) *quando soube*, diz o senhor Saint-Surin, *que o autor estava sendo perseguido*. O livro IV do *Emílio* contém, é verdade, uma alusão contra a aborrecida obra de Helvetius; mas o próprio Rousseau estava sendo perseguido por causa do *Emílio*, quando comungou, pura e simplesmente, pela mão do padre Montmolin, no final de agosto de 1762. (Cl.)

Vigésima carta

Do senhor Beaudinet à senhorita Ferbot

Senhorita,

Se é verdade que vos engraçastes pelo agradável senhor Needham, como corre o boato por toda a Suíça, e conseqüentemente por todo o universo, interessar-vos-eis vivamente pelo triste episódio que ele padeceu, e que vou contar-vos com minha candura habitual.

Sabeis que o senhor Needham, padre papista, fora à Suábia, em casa de Suas Excelências o senhor conde e a senhora condessa de Hiss-Priest-Craft, na esperança de atraí-los para sua seita. Passou imprudentemente, e para sua desgraça, pela cidade de Neufchâtel. O boato espalhou imediatamente que um jesuíta disfarçado estava entre nós; o consistório reuniu-se. O moderador advertiu a assembléia que o dito jesuíta espalhara por Genebra vários escritos escandalosos, tais como paródias, notas teológicas etc., que ninguém conhecia, nos tais escritos ousava afirmar que há inúmeros erros de copistas nas Sagradas Escrituras.

O senhor moderador fez habilmente com que se percebesse que eliminando-se as palavras "de copista" concluiríamos, segundo o senhor Needham, que as Sagradas Escrituras estão cheias de erros. Denunciou também várias afirmações temerárias, inconvenientes, ofensivas às orelhas devotas, heréticas, que cheiravam a heresia.

Questões sobre os milagres

O consistório, vivamente alarmado, intimou Needham a comparecer. Estive presente ao interrogatório. Perguntaram-lhe primeiramente se era padre papista. Confessou audaciosamente que o era, que celebrava sua sinaxe todos os domingos, que fazia o *hocus pocus* com uma destreza maravilhosa; vangloriou-se de fazer Théon, e mesmo milhares de Théoi: com o que toda a assembléia tremeu.

O senhor moderador o adjura, em nome do Deus vivo, a dizer claramente e sem equívoco se era jesuíta ou não. À palavra "equívoco" ele empalideceu, corou, recolheu-se um momento, e respondeu balbuciando: "Não sou o que pensais que sou." Infelizmente, dizendo essas palavras, deixou cair do bolso uma carta do geral de Roma, que estava assim endereçada: "Al reverendo, reverendo padre Needham, della Società di Giesù." Sendo assim acusado de haver mentido ao Espírito Santo e ao consistório, foi mandado para a prisão. Prosseguiu-se no dia seguinte a seu interrogatório, o qual sintetizo abaixo:

Inquirido sobre se dissera que a genealogia que se encontra em Mateus é contrária àquela que está em Lucas, respondeu que sim, e que nisso consistia o milagre. Inquirido sobre como conciliar essas duas genealogias, disse não fazer a menor idéia.

Inquirido sobre se havia maldosamente e abertamente dito que, segundo Mateus, a sagrada família fugira para o Egito, e que, segundo Lucas, ela não saíra de Belém, até que fosse a Nazareth na Galiléia, respondeu que assim dissera.

E perguntado sobre como se poderia conciliar essas duas contradições aparentes, respondeu que por Nazareth dever-se-ia entender o Egito, e pelo Egito, Nazareth.

Inquirido sobre por que escrevera que, segundo João, nosso divino Salvador vivera três anos três meses após seu batismo, e que, segundo os outros, não vivera senão três meses, respondeu que era preciso considerar três meses três anos.

Interrogado sobre como explicara a aparição e a ascensão na Galiléia segundo Mateus, e segundo Lucas em Jerusalém e na Betânia, respondeu que não era uma coisa importante, e que se pode muito bem subir aos céus de dois lugares ao mesmo tempo.

Havendo-lhe sido dito que era um imbecil, respondeu que estava *qualificado* para a teologia; ao que o senhor moderador replicou-lhe muito pertinentemente: "Mestre Needham, é bem verdade que teólogos são por vezes pessoas absurdas; mas podemos raciocinar como um galináceo, e comportarmo-nos com prudência de serpente."[1]

Poupo-vos, senhorita, o grande número de perguntas que lhe fizeram, e que entenderíeis tão pouco como todas as santas mulheres de vosso caráter.

Quando ele assinou seu interrogatório, procedeu-se ao julgamento. Ele foi condenado unanimemente a fazer um *mea culpa*, com uma enguia na mão, e depois a ser lapidado fora da porta da cidade, segundo o costume.

No momento em que estavam lendo a sentença chegou o senhor du Peyrou, homem de bem que, não sendo padre, faz muitas boas obras. Representou ao consistório que a sentença era um pouco rude, que o senhor Needham era estrangeiro, e que uma justiça tão severa poderia impedir doravante os ingleses de vir à bela cidade de Neufchâtel. O consistório defendeu a legitimidade de sua sentença com vários santos exemplos: representou que os cananeus eram estrangeiros para os israelitas, e que entretanto foram todos condenados à morte; que o rei Eglon era estrangeiro para o devoto Aod, e que entretanto Aod enfiou-lhe no ventre uma grande faca até o cabo; que Michel Servet, sendo espanhol, era estrangeiro para Jehan Chauvin*, natural da Picardia, e que entretanto Jehan Chauvin fê-lo queimar pelo amor de Deus, com lenha verde, a fim de saborear o doce prazer de vê-lo expiar seus pecados mais longamente, o que é um verdadeiro passatempo de padre.

....
1. Mt 10, 16.
* Calvino. (N. da T.)

Essas razões eram fortes; entretanto, não abalaram o senhor du Peyrou. Encontrou uma antiga lei promulgada na época da duquesa de Longueville, segundo a qual o consistório não tem o direito de lapidar ninguém sem a permissão do governador. Infelizmente o governador não estava presente; recorreu-se ao seu lugar-tenente; explicou-se-lhe o caso. O consistório pretendia que a lei em questão só era válida de calvinista para calvinista, e não de calvinista para papista; acrescentava, muito plausivelmente, que se deve ser muito prudente quando se trata de lapidar um homem de nossa seita, mas que, tratando-se de um homem de uma seita diferente, não há dificuldade alguma; que era oportuno que alguém morresse pelo povo[2], e que era muita felicidade que a sorte recaísse sobre um jesuíta. "Pois então!, disse o lugar-tenente, lapidai-o; mas que seja o mais absurdo de todos vós que lance a primeira pedra."

A essas palavras, esses senhores se olharam todos com uma expressão de amabilidade que me encantou. Cada qual queria ceder o lugar de honra a seu confrade: um dizia: "Senhor moderador, cabe a vós começar"; o outro: "Senhor professor de teologia, essa honra vos pertence"; os predicantes rurais cediam pela primeira vez em favor dos predicantes da cidade, e estes em favor dos pastores rurais.

Durante esses cumprimentos, o senhor du Peyrou fez com que o paciente se evadisse; vós o revereis em breve. Não me esqueçais, rogo-vos, quando estiverdes ceando entre ele e o senhor Covelle, meu bom amigo.

Tenho a honra de ser com respeito,

Senhorita,
Vosso mui humilde e mui obediente criado,
BEAUDINET.

....
2. *Expedit unum hominem mori pro populo.* (Jo 18, 14.)

N.B. Soube, senhorita, que renunciastes ao senhor Covelle, o digno sustentáculo do calvinismo, e ao senhor Needham, o digno pilar do papismo; dizem que esposareis um jovem bastante rico e muito espirituoso. Rogo-vos informar-me a que religião ele pertence: isso é muito importante[3].

Conclusão

Eis a coletânea completa de tudo o que se escreveu nos últimos tempos sobre os milagres. O editor[4], impregnado de uma fé viva, não teme relatar todas as objeções, que se reduzem a pó diante de nossas verdades sublimes. Se o senhor Needham é um ignorante, isso não prejudica de modo algum essas verdades. E pode-se mesmo esperar que o senhor conde de Hiss-Priest-Craft e a senhora condessa se convertam; que o senhor Jean-Jacques volte ao seio da Igreja; que o senhor professor Théro não oponha mais dificuldades; que o senhor Covelle e a senhorita Ferbot continuem sem cessar a edificar o mundo cristão; e que finalmente o senhor Beaudinet não conteste mais às veneráveis compa-

----

3. Após essa *N.B.* estava, nas edições de 1765 e 1767, todo o *Projeto de notas instrutivas*, da qual vimos um trecho (p. 139); e na seqüência do projeto se encontrava, com o título de *Dissertação sobre os milagres*, pelo senhor J.-J. Rousseau, uma longa passagem da terceira das *Cartas escritas da montanha*. Uma única nota, acrescentada por Voltaire, estava assim concebida:

"Todos esses raciocínios de Jean-Jacques são lamentáveis: Pois, se o Evangelho é divino, deve-se crer no que ele relata sem discussão. A questão se resume pois em saber se se tem provas da divindade do Evangelho, e se se pode examinar sua autenticidade pelas regras da crítica comum. (Nota do senhor professor Robinet.)"

Após a *Dissertação* vinha a *Conclusão* que se segue. (Nota de Beuchot.)

4. O próprio Voltaire, não importa o que diga em sua carta de 3 de janeiro de 1767, a Argental. (Cl.)

nhias de Moutier-Travers e de Boveresse o direito de excomungar, condenar, anatematizar quem bem lhes parecer: este direito estando divinamente ligado a seu divino ministério. Esperamos mesmo que não apenas esses doutos homens farão milagres, como mandarão enforcar todos aqueles que neles não acreditarem. Amém!